子在川上悦

——河流的文学面貌

ZI ZAI CHUAN SHANG YUE

许 辉◎著

时代出版传媒股份有限公司
安徽文艺出版社

图书在版编目（CIP）数据

子在川上悦/许辉著.—合肥：安徽文艺出版社,2020.6
ISBN 978-7-5396-6475-0

Ⅰ.①子… Ⅱ.①许… Ⅲ.①散文集－中国－当代 Ⅳ.①I267

中国版本图书馆CIP数据核字(2018)第218339号

出 版 人：段晓静
责任编辑：何 健 韩 露　　　装帧设计：徐 睿

....

出版发行：时代出版传媒股份有限公司　www.press-mart.com
　　　　　安徽文艺出版社　　www.awpub.com
地　　址：合肥市翡翠路1118号　邮政编码：230071
营 销 部：(0551)63533889
印　　制：安徽新华印刷股份有限公司 (0551)65859551

....

开本：880×1230　1/32　印张：6.375　字数：130千字
版次：2020年6月第1版　2020年6月第1次印刷
定价：32.00元

....

(如发现印装质量问题，影响阅读，请与出版社联系调换)

版权所有，侵权必究

目 录
CONTENTS

在河流的源头附近

陡崖与深涧	002
毛竹	004
分水岭	006
枕着山影入睡	008
我们必须学会原谅	009
休闲山林好去处	010
腐殖土和郭塝村	012
山冲里的稻田	014
老桥	016
三线厂	018
日常生活里才蕴含着最丰厚的道理	020
迁移的螳螂	022
我总会	024
一直存在	025

逐渐来到河流的上游

- 搓衣板一般的河床 026
- 外来的 028
- 外伤 029
- 独处时念叨念叨数字也是很有意思的 032
- 我钦佩农人因地制宜的发明 034
- 二齿抓钩 036
- 小集市的亮点 038
- 溪园 040
- 读书还须傍水傍竹 041
- 独处时不要面目狰狞 042
- 傍山的读书 043

- 晨雾 046
- 一碗茶 048

篇目	页码
早茶的内容	080
打铁店	078
山川形便和犬牙交错	076
独特性与一致性	074
山冲转角处	073
溪谷平原与河流阶地	072
在农家山居的屋顶上	068
阶地上的收割	066
大坝政治学	064
钓鱼台	062
小溪汇入大溪的地方	060
最后一片峡谷	058
广场舞	056
山垭口	054
垭口外	052
有磁性的鸟啼声	050

目录 ·003·

中游多是微丘和平原

烧烤用的竹签
强大与弱小
晒太阳的蛇
电影的默片
泄洪道
孔子说,居家时可以穿得随便一些
钓鱼人的装备现在都上档次了
红色尼龙袋盛装的板栗
文明不上山
荷塘、菱角池塘接连出现
全是沙地
最适合盖着薄被酣睡的凌晨
苍耳成林

102 101 100 098 096 094 092 091 090 088 086 084 082

条目	页码
橙红的柿子和桂花的香气	104
渡口	106
两河口	108
水镇	109
水镇的傍晚	110
牛羊斜日自归村	112
婚礼已经举办了,春天还会远吗	115
小年已经到了,春天还会远吗?	118
大年初一换了个日记本	121
仁哥儿们的内心	123
庄台	125
庄台上的学校	126
物产都有了很大的改变	128
河堤里的村庄	130
滩地	132
傍晚的河滩	134

平原区的文明	136
吃饭不说话，睡觉不交流	138
永远没有止境	140
淮河流域的羊肉汤	142
蓄洪区	145
小水沟里长着茭瓜	146
木器	148
杞柳工艺	150
这里的女人	151
河蚬	152
在路上的感觉	154
平原的主角	155
小麦	156
大豆	159
玉米	161
苘与红麻	166

	页码
隔水而踞	171
水结	172
下游低洼，进入大海	
即将入海的河流都十分饱满	174
在杉树上爬行的蜗牛	176
河口附近的海岸	178
河流入海口附近的码头	180
渔人与鱼	182
是总结的时候了	185
我总是喜欢在河流的阳坡上晒太阳	186
低洼处与上风头	188
一体化与多样性	190
这就是我提倡的人生观和价值观（代后记）	191

在河流的源头附近

陡崖与深涧

河源附近的山高而陡。

所谓陡,是指较远看去很陡,其实沿着路进了山,山虽然也还陡,但显得不那么陡了。

路沿着河谷蜿蜒而上。绝大多数山里的路都是缘河谷而入的,因为只有河谷才有山脚,只有河谷才能自然而然地通往深山,只有河谷才有修路的空间,也只有河谷才有许多山民居住。

路左的确有一些笔直入云的陡崖。陡崖看上去是一整块巨石,但细看了才会知道,整块巨石中间还是有一层层石缝的,一些细不可辨的水珠从里面渗出来,把整块岩石都洇得透湿,哪怕是连续的大晴天,这些陡崖也不会干的。

路右却是让人腿软的深涧,涧水在深谷里冲撞巨石,翻滚而下。小心地俯视深涧,才知道这里都是巨石构成的刚性河床,不像平原上的河流,多为泥土质地的可动河床。涧水在这里极少携带泥沙,可以称为清净河流,越往山外走,携带的泥沙量就会越多,就越容易变成中沙河流或多沙河流。

突然一个男人粗粝的吆喝声在头顶一炸,我吓了一跳,昂头搜索半天,才发现崖顶上有一个男人,在喊对面崖头上的一个男人。也听不懂他喊什么,也就随他去了。

毛竹

越往源头岭上走,竹子越多,竹林越密。

离近了看,有些毛竹竿是青的,有些毛竹竿是黄的,还有些毛竹竿是老绿色的。

一条青石板路往山岭里面蜿蜒,有两位中年以上的男人,腰里别着竹制刀架,手里握着弯头砍刀,一刀一刀地砍着毛竹。因为在山里,砍毛竹的声音,在寂静的山谷和山岭间,一声一声响得很清晰,响得很响亮,但细细品味,又觉得它响得很孤寂。

毛竹倒下时会带动附近的枝叶唰啦唰啦响,而后两位中年以上的男人就会砍去毛竹的枝丫,削去毛竹的梢头,再把干净了的毛竹扛到宅院附近的水泥地上,堆成一堆。

砍削下来的竹枝、竹梢,人得闲时会砍成长短相近的竹段,码在山墙下,上面盖上松枝,再用木片搭个简易的无门棚,冬天烤火、烧柴火灶,就都能派上用场了。

分水岭

秋雨时大时小,时松时紧。山岭、竹林、山弯处极小块的稻田,山坡上的茶树,大片大片的箬竹叶,路旁的山芋,树林里山鸟叽叽喳喳的叫声,都湿漉漉的。

大河正是从这一片山岭附近发源。山岭以南的水汇成大江,山岭以北的水汇成大河。在我国的版图上,长江以南的河流大多称江,长江以北的河流大多称河,但较晚纳入版图的地区和一些特殊的河流会有些例外。

穿着运动鞋踩着地上湿软的枯叶在这里来回走一走,立刻就会发现,山崖附近的枫杨树的树干上长满了绿茸茸的苔藓,崖壁的岩石上也长满了苔藓。一年三百六十五天,一天二十四小时,每一分每一秒,都会有水珠从湿漉漉的崖壁上渗出来,通过苔藓流入崖壁下的碎石小沟,水往低处流,再一点一滴地汇聚起来,汇入两崖之间的缝隙,跌下数米深的崖沟,成为山涧里的小溪流。

小溪流时而在大石块间迂回,时而在茂密将倾的树枝、树叶下潜行,时而跌落至谷底,时而滑过巨石的平面,时而从独木下穿过。

　　小溪流附近生长着板栗树,正月、二月不长叶先开花的大叶迎春和枫杨、洋槐、松、鸭跖草、空心莲子草、鸢尾草、萱草、大片的毛竹,还有泡桐树、小叶女贞、臭椿树,以及浓密高大的芭茅、蓼萍草。

　　这附近的山岭都是分水岭。

枕着山影入睡

从山溪边归来已近暮晚,饭后几乎看不到山影了。其实晚饭是在屋外溪畔吃的,人们散坐在三张高矮不一的木桌边,边吃边喝,抬头就看得到四面的山岭。这几家山民真是会选地方,差不多就挨着大河的源头了。这里人家少,山林密,溪水清,山岭间却宽阔悠然。如果只有几个人在这里住,难免寂寞;如果常有山外的人来走一走,看一看,住一住,吃吃饭,说说话,就有聚有散,有来有往,有热闹有清静,就真是一个难得的好去处了。

山里晚餐的食材都是山货,有嫩茶炒山鸡蛋、红烧竹笋土猪肉、香菇山芋梗、木耳黄花菜、起毛老豆腐、板栗老公鸡、蛋饺干豆角、红烧石鸡、腊肉千张、清溪小杂鱼、蒿子粑粑、山溪大米饭、家酿米酒。

就着山影秀色下酒,不觉便有些微醺了。虽然山影愈来愈朦胧,但还好有一轮新月由山影后淡淡浮起。

这一夜就枕着溪声和山影入睡了。

清早醒来时,身体和思想已梳理清晰,四畅八通。

我们必须学会原谅

　　山岭的深处到处都湿漉漉的,滴着水,植物滋润而充盈。大部分植物我都叫不出名字,这让我觉得很不满足。除了少量蝴蝶、蜂类,我们在河源附近很少能看见动物(包括昆虫)。其实在其他地方也一样,因为动物们善于隐藏自己、保护自己,它们不会轻易被别人发现。

　　现在这里已经没有古老的树木了。但我们必须学会原谅,必须学会接受现状。我们必须学会接受前人留下的喜忧参半的摊子,我们必须明白,我们不可能只接受我们认为好的,不接受我们认为差的甚至坏的。

　　草本植物很难变得古老,除非它们偶然被松脂包裹,变成化石。树木可以,有些乔木的寿命有数千年。

休闲山林好去处

山林里的环境是最宜人的。所以古今中外,人们都喜欢在山林里休闲、休息、怀旧和抚平伤口。

山林里的好,最好就好在有水。水滋润万物。清冽的水珠从岩石缝中渗出来,滴落到耐阴植物的枝叶上,再滑落至翠绿的苔藓表面,然后叮叮咚咚汇聚成溪,一路出山,奔向平原,奔向大河,奔向大湖,奔向大海。

我们注意的大多是上述河流的本然状态。老子则是中国最早系统地注意水及河流哲学和道德状态的人。水由高处流往低处:水在高处零散而在低处聚集,水在高处清纯而在低处复杂,水在汇聚的过程中为万千生命所利用,水在汇聚的过程中因遇而行、因形而形——这些状况都是水及河流的天然状态、天设规则。

但老子发现水的这些本该如此的天然状态具有生命智慧和人性光辉。

水在汇聚的过程中为万千生命所利用,因而它善利万物而默然不争;水总是由高处流往低处,因而它永远是低姿态的、低身段的,这最合乎人类永远无法穷尽宇宙知识,因而人类必须永远探索又永远谦逊的道理;水在高处零散而在低处聚集,因而团结就是力量,汇聚才是正道;水在汇聚过程中因遇而行、因形而形,因而视野决定成败,智慧引领正途。如此这般,进而理解了水的微妙和深妙,才知道个人渺小、天地宽大的精要。

水在高处清纯而在低处复杂,则拎出一个两难论题:水在高处虽清洌却零散,虽清甘却微小,虽清妙却不足道,虽清纯却由于万物规律而不得不顺势而下、顺流而下。水在低处虽宽阔、奔腾、丰富、广远,却也可能变得混沌不已,甚至污浊不堪。

水因此而正如人生与社会:清纯容易,而浊后清纯难;清妙容易,而包容万物难;清洌容易,而杂乱后清洌难;清甘容易,而居下后清甘难。上山避世易而下山静心难,山林随性易而闹市养心难,居高发号易而居低守持难,本来如此易而回归本来难。

这也正是老子的高超,《道德经》的高妙。

腐殖土和郭塝村

山坡上长满了乔木、灌木、藤本植物和蕨,植物下的土壤都是腐殖土。土壤的上层是潮湿的枯叶,扒开枯叶,下面是正在腐烂变黑的枯叶,再扒开这些正在腐烂变黑的枯叶,下面就是松软油黑的腐殖土。抓一把腐殖土在手里,闻一闻,有一点植物的腥香气,捏一捏,土壤潮湿、油腻,不抱团,也不松散,品质都是极好的!

拐过山弯,是一个三五户人家的自然村——郭塝村,塝是田边土坡、沟渠或土埂的边的意思。深山里缺少平地,一小块平地都会被开垦起来种上水稻或旱粮。

山冲里的稻田

河源附近的小山冲都是上佳的农地。山冲就是两山之间的谷地,这样的两座山相对海拔都不高,也不陡,降雨时汇聚的水量也不大。历史上的农人在改造这样的山冲时,会把它们改造成稻田,两边还会留下水道,方便多余的流水下泄。

山冲里的土地也是流水搬运来的,起初是枯枝败叶,堆积在山冲里发酵、腐烂,成为腐殖土。农人把这样的土地改造成稻田后,年复一年地种植水稻,土壤就变成了稻田土,水分也不容易流失。

旱粮都种植在稻田上方的旱地里。黄豆、玉米、芝麻、土豆、山芋种在山坡上或山脚下,哪怕只是几个平方米的宜耕土地,山民也会开垦出来,种上水稻或旱粮。玉米原产自中美洲,土豆和山芋原产自南美洲。这几种农作物产量高,耐干旱贫瘠,边边角角都能种,明朝以后陆续引入中国,对养育大量人口起到重要作用。

眉豆(梅豆、扁豆)、南瓜、辣椒、毛芋头、丝瓜等蔬菜,都长在稻田上方的旱地里。还有一种当地人叫"苦麦"的植物,可以长了割,割了长,人不吃,专门喂鸡、鸭、鹅、猪。和这些作物一同生长的野草,有水稗草、鸭跖草、飘拂草或莎草,芭茅草也抬眼可见。

老桥

溪水流到老桥时已经有些大了。

说是老桥,其实不算老,大概是20世纪70年代建的,桥栏发黑,显得很有些年头的样子了。

老桥建在一块完整的巨石上,水从上头流来,到这里下降的速度突然加快了,从几个桥墩下流过,又从大巨石上跌落,因此发出轰轰的大响动声,震动人心。巨石下和巨石附近都是大大小小的卵石和砾石,由于流水的推移、搬运,这些卵石和砾石均无棱角,呈圆形、椭圆形或片状。

一位穿红上衣的少妇在桥下洗衣服,棒槌一声声有节奏地响着。我趁她没抬头时往桥下拍了一张照片,却想不到她突然抬起头往桥上看了看,我只好装模作样对着桥下另一边的流水又拍了一张,好在她也没说什么。

桥头附近一边长着一大丛蒺藜狗子(苍耳),另一边是牵牛花,一大片盛开的蓝色小喇叭。

三线厂

老桥西边是个老三线厂,那些壮观的青砖大楼和部分平房还在。青砖大楼旁边盖起了一座座讲究的两层或三层小楼,显示着时光的流逝、人生的不可逆转、怀旧的不由自主。

我正在看老楼房,拍老楼房,从老楼的一个门里走出一位穿蓝色工作服的中年妇女。她看见我拍,就笑着说,拍吧,拍吧。我说,看样子经常有人来拍。她说,经常有人来拍,还有在这住过30年的呢,拍过照回家挂在墙上,你是从某市来的吧?我说,我不是从某市来的。看样子这个三线厂的职工后来都迁往某市了。她又说,你哪年在这住过?我说,我没在这住过。她说,你拍吧,拍吧。

还是老子那句话讲得好:"天地不仁,以万物为刍狗。"所谓"刍狗",就是祭祀用的草狗,用过了就焚烧了或丢弃了。老子的这句话是说,天地是不讲私情的,该怎么运行就怎么运行,不会因情感因素和道德因素而改变。我认为老子这句话的工具理性意义无以言表。所谓"工具理性",是西方学者的发明,意思是像工具那样不考虑情感和道德因素,只关注目标和结果。中国文化以非逻辑而著称,但老子的这句话,让我们看到了中国文化逻辑的一面。

我又从溪岸上看老三线厂旧楼,看新建的漂亮小楼,看轰隆隆的逝水,看捶衣的红衣少妇,看从源头汇聚而来的山溪水,看桥头的野牵牛,看桥头正在结籽的苍耳,心里一会儿悲,一会儿喜,一会儿怅,一会儿悦,一会儿张牙舞爪,一会儿浪缓流平。

怀旧总是难免的,喜悦才是应该的。我自言自语地总结说。

日常生活里才蕴含着最丰厚的道理

　　我站在三线厂老楼背后的楼影里，想起有一个冬天我在城市一幢大楼背后看见的事物。

　　我在那幢大楼背后全无阳光的地方看见一株蜡梅正在盛开，走近时就能闻到它丰富的香气。我的头脑里瞬间涌上来许多控制不住的遐想。我想起小区里的另外一些果树，比如枇杷，也是长在大楼背后的极阴处的，由于它们不可能比十几层大楼长得还高，因此它们就不可能获得植物生存环境的顶端优势，不可能得到最好的光、热、风资源，但它们每年仍会开花、结果。一位朋友住在一幢二十多层住宅的最底层，家门朝北，门旁长着一棵较大的柿子树。虽然这棵柿子树永远无法得见阳光，但它每年都会结出一些青柿子来，到秋意较浓的时候，长大了的柿子还会被一些调皮的孩子"偷"去。

　　这些现象告诉我们：

　　我们无法选择环境，但我们可以选择努力。

　　我们或许不能改变环境，但我们可以改变自己。

　　生命生长的环境有时无法选择，但生命生长的极限往往比我们想象的更远。

没有人关注不起眼的事物,脚踏实地才能找到生活的乐趣;超常只蕴藏在寻常之中,超常的闪现都是点滴积累的结果。

日常生活里孕育着最丰厚的道理。

迁移的螳螂

在下着雨的这天下午,短短的半个小时内,我见到三只绿色的螳螂。

第一只螳螂在老桥上,看见它时,它正在爬进桥头一大片牵牛花的绿叶中去,我还没反应过来,它就已经消失不见了。

第二只螳螂在一户农家门口的平台上,它的鲜绿色和平台的暗灰色形成鲜明的对比。它发现我在看它,立刻威吓性地举起两只大钳子向我示威。待我拍过三线厂的老楼房返回时,我发现它已经从平台上下来了,正在穿越路面,到路的另一边去,路的另一边有一丛眉豆、一些牛筋草。

当我驾车离开老三线厂厂区,正在加速时,我清清楚楚地看见黑色的柏油路中间有一只绿色的螳螂正在穿越马路,我吃了一惊,赶紧微调方向,让车轮从螳螂两边驶过。道路后面既没有车,也没有人,因此我没再下车去看它。我知道它的穿越速度是很快的,它完全有时间赶在来车前完成穿越,进入路边的草丛中。

秋季是螳螂求偶产卵的季节。

螳螂把卵产在一起，外面用黏液封起来，叫桑螵蛸，干了以后硬硬的。桑螵蛸里面有一个一个小房间，每一个小房间里睡一只卵。春天的时候，小螳螂就会咬破硬硬的房子，跑到植物的叶面上，后肢直立起来，两个大钳子缩在胸前，像在祈祷，随时准备给路过的猎物以致命的一击。

我总会

　　我总会为我能享受深山里他人不见的风景而庆幸；我总会为我能在河流的源头徜徉而欣喜；我总会为又发现一处渗水的石缝而激动不已；我总会登上河源处的高峰而骋目俯望；我总会为我能独坐溪中巨石而感慨；我总会为我能在溪水潺潺的山谷中步行而兴奋；我总会为我勃发的生命力而感恩；我总会为树林中头顶上方悠长的鸟鸣而好奇；我总会为竹林里的幽深幽静而小心翼翼；我总会为横枝挡道或野草拦路而独自微笑；我总会为深山无一人而自言自语；我总会因在深山里氧气充沛而思想活跃、手舞足蹈；我总会为大脑中突然冒出的新主意而欢呼雀跃；我总会为时光的消逝而扼腕叹息。

一直存在

河源附近深山里的夜晚总是沁凉如水的。别的声音都匿了,只有屋侧溪水的声音不会止息。溪流在这里陡然降下,虽然还不能形成瀑布,但不断冲击大石,就会哗哗声不断。

要知道,无数个千年万年里,这些溪,这些石,这些哗哗声,一直都是存在的。

傍山的读书

在河源附近幽静的山里,总想到中国文人读书。读书并不总是在读书,一方面是读书,另一方面可能是借读书发些呆,借读书而收心、静心,借读书而享受生活,借读书而梳理羽毛,借读书来做点白日梦,借读书来陶醉一下心灵,就像我们总是喜欢喝点小酒,或就点小菜,或打打小牌,或听听小曲,或呼友小聚一样。

如果把读书变成了一种生活方式,读书就是一种享受,而几乎不再是实用的行为了。因此读书需要环境的配合,需要特定事物的点缀,需要有一些特别的氛围。

譬如我们都向往傍山的读书:一道耸天的山脉,一个微屑的闲人,一间陈旧的茅舍,一壶很酽的粗茶,一本毛边的纸书,一群归巢的倦鸟。

这样的读书就像是很有仪式感的样子。书读不读得下去不说,先享用了那种人皆向往的境界,不亦快哉!

在河流的源头附近

独处时不要面目狰狞

我常常在秋天想起春天的事情。

春天最是在野外读书的好时光。只有一个人,带上一车书,春光全归我。与先人对话,与智者对谈,与天地合一,与万物协同进化,与思绪羽毛般同升共飞,不亦快哉!

《诗经》和《中庸》谈到独处时,都强调独处时更须谨慎。因为面对众人我们的嘴脸都会妆化得很浓,而独处时则心情放松,容易面目狰狞。因而我们要谨慎独处,能够做到人前人后一个样,内心从不接纳污浊的想法。

春光明媚中开车去野草地上读一车书的人,都是表里如一之人。他们在慎独方面胸怀坦荡、无忧无虑。

读书还须傍水傍竹

读书除了傍山外,最好还要傍水。山间有谷,谷底有泉,泉外有溪,溪畔有人。人在老树之下,老树下一方糙石台,糙石台上斜蹲一个泥罐,泥罐里插一抱山花,山花含香带芳,人便在这样的野香里闲读。

读书除了傍水外,或者最好傍竹。竹节分明,迎寒凌雪。竹是中国文人喜爱的植物,也是中国文化的象征物。居有竹随,读有竹伴,都是显得高雅的事情。居还是那种居,读还是同样读,但有了竹的陪伴,居就是雅居了,读也成雅读了,人也变成高人了。植物的作用真是大!

读书除了傍竹外,或者最好品茗。茗就是茶,茶也是茗。书旁有山,山间泉流,泉外生花,花侧植竹,竹影下显出石台一方,石台上摆一盏粗瓷大碗,粗瓷大碗里斟满了苦楚的梗茶。人便在这样的环境里,煮一碗苦茶,读一页骚文,在苦茶骚文里品书、品人生。我以前总是喜欢喝清淡的绿茶,后来又喜欢喝浓烈的绿茶,再后来喜欢喝发酵的红茶,近来却最喜欢喝炒得略焦的小火黄茶,那样的一点焦煳味,喝到嘴里,沁入身心,能激发出无尽的联想。

读书除了品茗外，最好还要月影撩人。月升于西山之上，流泉叮叮，归鸟梦呓，月影撩人时，只见溪岸树丛里、竹外花枝间，草梢微拂，萤光闪闪，于陋台边捉来一把萤火虫，暂时把它们关在用拆开的口罩所制成的纱布袋里，就着萤光月影，读不读得下去书且由他去，却想得起南美原住民的男情女爱，想得起曾经乡下夜晚的一次行走，想得起母亲做给自己吃的一种最好吃、永远吃不够的胡椒鳝丝汤，也都是很好的呀。

除了月影撩人外，读书最好还要在深山雪夜读禁书。不过现在禁书很少了，古今中外历史上曾经禁过的书现在读起来也就那么回事，不一定找得到那种偷偷摸摸的感觉了，那就深山雪夜玩手机，也有古代雪夜读禁书的那么一点意思。最重要的是深山，是雪夜。因为在深山里，人迹稀罕，因为是雪夜，外出不便，天气又冷，那就蜷在被窝里玩手机，也是一种快活，也是一种时尚，更是至上的享受。

有了以上这种种，人生便不再枯燥、乏味、压力巨大了，人生便乐趣重重了。

溪园

溪园在大别山霍山县东西溪乡月亮湾作家村里,它背倚枕溪山房,南偎东西向流过的油坊河。依夫人意思,溪园是她的菜园,也是她的生活基地。她在城市里就因为喜欢在大阳台上养花种菜,被朋友称赞为"城市农夫",她也菜兮果兮,把种菜植果当成业余时间的最佳爱好。这个接地气、真山水的溪园,既满足了她莳菜弄果的雅好,也为她的散文写作提供了充足素材,因此她自觉如鱼得水,期待大展宏图一番。

照我的想法,我最想在溪园的菜地间隙,做一个放得下躺床、木桌、竹椅的平台,闲来无事,听溪观山,泡半壶野茶,捧两本闲书,晒一身春阳,做几场幽梦。又最想有朋友造访,三人以下面溪散聊,四人左右围桌掼蛋,五人以上烹茗煮水,十人以上烧烤美食,十五人以上各得其所,二十人以上则读书分享。

油坊河由太阳冲和洪冲的山谷间流下,河虽不大,但有水则灵,它在作家村里流成了一个半弧形,月亮湾作家村的得名,也因它的水意和形状而有它的一份功劳在里面。可我倒愿意叫它慢溪。所谓"慢溪",既寓意了此地悠然而然的淡漫生活,又暗含了道家天地山水悠漫无涯的亘古时空。慢又合满,寓意满满、丰收、收获、获得。收获非在物质,而在性情,在心境,在意趣,在生活的方式。

我们都爱溪园里的慢生活。

小集市的亮点

溪头小桥边的小集市,不到 8 点钟就存不住人了。人正在逐渐走散,所剩不多的亮点是:一对刚从山里赶来的中年夫妇在卖板栗,5 元一斤,不算贵。板栗并不大,可能和今年夏季的干旱有关。一个骑自行车赶来的渔民在卖刀鱼,100 元一斤。这些刀鱼每条一二两重,像野鱼,不太像是下面水库里养的家鱼,人们你一斤我一斤,很快就把他的十几斤刀鱼买完了。

还有一个亮点是桥头肉案上摆放的一个猪头,猪身上的其他部分都卖光了,单留下一个猪头,被猪嘴朝上稳稳地放在肉案上,十分生动!这反映的是老板放松的心态,与这头猪和这个猪头无关。

二齿抓钩

溪边小块菜地里有一对老夫妇在整地,他们说这是打算种大头菜了。地上放着一个竹篮子,里面装满了刚拔出来的青萝卜。篮子上搭着一把二齿抓钩,这在淮河流域不很多见,淮河流域大多是三齿的,齿也短一些。两位老人说,三齿的挖地浅一些,两齿的挖地深一些,现在齿都短了,老式的齿很长。正说着,一位年纪更长些的老农,扛着把齿长约一尺半的二齿抓钩,和这对老夫妻打着招呼,从路上走过。

我看见菜地边上长着一些像烟草的植物,就问老夫妻这是不是烟草。老夫妻说,这不是黄烟,黄烟以前兴(种),现在不兴了,没有人吃烟了,种子都没有了,这叫捆麻(音),喂猪的。

菜地后面一片洼地里长着十几棵毛芋头,叶片巨大,颜色深暗,地下的毛芋头一定不会结得小!

我钦佩农人因地制宜的发明

这一天上午我走过的和看到的,还是南宋辛弃疾那首《清平乐·村居》的意境。我走过一个低丘小山村,我看见秋慢慢走远了,冬天也过去了,嫩芽已经在铺地的枯草下生发了,春似乎一点点变得明晰起来。我看见一些水牛卧在稻草上反刍,公牛总是独自拴在一处,而母牛却总是和小牛拴在一处。我看见浅山矮林旁有一户农民,将一段毛竹下面大部分破开,上面竹节处不动,用下面破开的部分罩住一个鸡食盆,这样鸡们既能吃到鸡食盆里的食料,又不会把鸡食盆踩翻了。我真钦佩农人因地制宜的发明!但这不还是800多年前辛弃疾那首《清平乐·村居》的意境吗?

茅檐低小,溪上青青草。醉里吴音相媚好,白发谁家翁媪?
大儿锄豆溪东,中儿正织鸡笼。最喜小儿无赖,溪头卧剥莲蓬。

当然，辛弃疾写的是秋，而我见的是春。但我欣赏辛弃疾那样的复合型人才。辛弃疾上马能杀敌，下马能草檄，而我只希望我能成为有能力欣赏文学、地理、哲学、农业、时政、植物、昆虫、历史这样的人就足够了。

独处时念叨念叨数字也是很有意思的

独处时想想数字也是很有意思的。

中国传统文化中,两个数字同时出现经常表现出负能量,如心里七上八下的,场面横七竖八的,说话颠三倒四的,显得人五人六的,见面七长八短的,搞得乱七八糟的,破事杂七杂八的,安排得五花八门的。因而百里话不同,千里语不通了。

我咧着嘴对着空无一人的湖天呵呵笑,我还要继续学习不吵闹。我不信我的知识学不到。我要向古人看齐,从幼学到老。我本就是傻瓜一个,你们不要小瞧。我从不空手套狼玩儿空手道。我说出智慧的话儿时你们不要恼,到我当总统那天你们全呆掉了。

呵呵笑,呵呵笑。一地春光,我要,我要!

外来的

  山冲里的一小片洼地被改造成高低不平的三块稻田,两块低一点、小一些的稻田里的水稻已经收割完毕,高一点、大一些的稻田里的水稻正在收割。到处都能见到这样的小块平地被改造成农田的情况,这是因地制宜的结果。

  旁边山宅的石墙下长着一大丛仙人掌。仙人掌并非中国本土植物,看见它们,就说明附近有人居住了。

  果然就听见了收音机里传来的门歌,这可能是当地人喜爱的曲调之一。对此地而言,门歌也应该是外来的,不是外国的外,而是外地的外。门歌就是上门讨饭时唱的歌,上门讨饭时唱歌表示讨饭人付出了劳动,愉悦了他人,不是白要白求的。讨饭应该集中在平原或微丘地区。一方面由于平原或微丘地区的农业生产对人口的承载能力强,村庄和城镇比较多,这样才有可能多要到一些食物。另一方面,山区人口稀少,村庄间隔远,从一个村庄走到另一个村庄,可能要翻山越岭走几个小时,十分不方便讨要食物。

  一个小山洼里开满了白色的牵牛花,蓝色的只有寥寥数朵。这么多的野生白牵牛还是第一次见到,我不由得驻足凝望了许久。

外伤

山峦上起了很浓的雾,起伏的山的上部都浓黑了,这肯定是下大雨的前兆!我把车停在山村旁小溪和道路之间,犹豫着是继续在山谷间逗留还是返回小镇。

但是山里的人都继续做自己正在做的事,没有一丁点儿的匆忙。

一位老汉把一小块地里已经成熟但受淹的黄豆一棵一棵地拔出来。两位老婆婆在谷地里一块突兀而巨大的黑石附近挖地,不过地很松软。一个30多岁的壮年男子坐在屋外的小板凳上吸烟,白天像他这样年岁的人在山村并不多见。

我发现有两位年轻的妇女有外伤:一位伤在左腿膝盖侧下方,红了一大块,抹上了红药水,现在已经结痂了;另一位伤在左肘处,也抹了红药水。我想,这种妇女受外伤的情况一定不是偶然发生的,一定与当地妇女做的事有关,但到底做何事使当地妇女易于受外伤,我暂时还不知道。

雨果然没有下下来,山头很快又云开雾散了。

搓衣板一般的河床

两溪汇合处的河床有些宽,最主要的是这里的河底是由一层叠一层的搓衣板一样的片岩组成的,十分特别,十分壮观!

一只老鹰长时间地在搓衣板状河道的上空盘旋。

我长时间地站在河岸上看河床上的搓衣板状岩石,这里的地质构造真特别,当然与流水千万年来的不懈冲刷关系重大。河道束缚着流水,规范着流水,塑造着流水,流水也改造着河床,塑造着河道。

山里的楮树刚刚结出红果实,比山外的微丘地区晚了一个多月。

逐渐来到河流的上游

一碗茶

山里人家家备茶,因为茶、水、柴在山里都取之颇易,而山区出门就爬山上坡,流汗不止,无茶甚觉不便。那一次我翻的是大山,一二十里地没人家。过了一座山头,见青青的竹林里,藏着几间瓦房。当时又累又渴,便三脚两步走下去讨茶喝。从里间屋出来一位大嫂,穿对襟蓝褂,腰间系了一方碎花素兜,显得精明能干。她热情地搬凳让座,又从茶壶里斟出半碗茶来,双手平端给我,我连忙起身接了。

哎,真是好茶!那味道说不出来,似乎把门外的大山、屋旁的竹林、叮咚的山溪、啁啾的雀鸣,一股脑儿全囊括了。半碗下去,顿觉心旷神怡,耳聪目明,乏累全无。只是那位大嫂再也不来倒第二碗。

我端着空碗纳闷,心想,当年武松饮酒的"三碗不过冈"的酒店,该不会在附近吧?我虽然穿得一般,两碗茶钱还付得起,为何如此小气?犹豫了一会儿,实在熬不过,大着胆子再要一碗。不料大嫂十分爽快,答应着,走来将茶壶带暖瓶一并放在我面前,说:"自己倒吧,喝多少倒多少,这是山里的规矩。"

原来山里的规矩就是客人进门半盏茶,要再喝则请自便。主人不知客人的需要量,故不加干预,随客人酌情斟用。这种实事求是、不讲花招、按需而取的习惯,我觉得真是太好了!

告别大嫂,又过了几道溪、几层田,回头望去,只见那青青的竹林,似绿色的云,浮在山坞里。

晨雾

整个大山都被浓厚的晨雾封锁了。但走进去了,才知道原来觉得蔽无一隙的山雾并非铁板一块,而是这里更浓一些,那里稍淡一些;这里流动得稍快,那里几乎不动;这里看事物蒙眬,那里看事物清楚。

山里人的生活照常进行,一位带孩子的妇女腾出手来,把芝麻抱到空场上去,另一位妇女则把洗好的衣服挂到溪边的竹架上去。这说明她们都认为这天仍将是晴天或多云。男人们起床后坐在门口的大石上发呆,他们的表现完全比不上女人那么生动。

溪水日夜不息地向下游流动,一秒钟都不止息。一只毛球球的小松鼠在捕食滚落到路面上的板栗。

早茶的内容

淡淡晨雾的后面生活仍然真实。离开顶楼的竹椅、木桌和带有草香味的野茶,顺着若隐若现的山路走一段,对这一点就更不怀疑了。

茶园里插着许多黄色的黏虫纸,这样就不用多打农药杀虫了。半山坡上都是箬竹,它们的阵势真大!箬竹叶现在是包粽子、蒸米粉肉的好材料。南瓜秧爬到路边的一棵树上,结出了三个大南瓜,其中一个南瓜太大,瓜秧不一定承受得了,农人就在树上拴了一个竹篮子,把南瓜放进竹篮子里,让它继续生长。山里人家蒸发糕的甜香味散发出来,弥漫了小半个山谷。路边有一个竹竿做成的晾衣架,晾衣架旁边的一个竹箩里盛着一箩大青豆。

半小时后,我们回到能俯瞰溪湾的楼顶,继续喝刚才中断的早茶,但早茶的内容,现在似乎有所不同了。

打铁店

　　山谷逐渐变得蜿蜒、高深、险峻,湛蓝色的水面出现在视野里,这是河流源头以下的第一座水库。
　　水库的坝体还不够壮观,但已足以将上流所有来水汇聚在深山峡谷中。现在水库里的存水只是中水位,一只顺着气流滑翔上升的老鹰优雅地在峡谷里的水面上空盘旋。水中的小岛露出一圈圈层层叠加的水线,小岛的顶端则长满了绿葱葱的灌木。
　　大坝的附近已经建了一个繁华的小镇。小镇周围的山坡上长着许多开着泛黄白花的猪草树,它的树叶春天可以喂猪,它结的籽当地人叫"乌柏籽"(音)。山湾里盛长着一片巨形芭蕉,这外来物种完全适应了当地的气候。渔业公司把办公大楼变成了度假山庄,做起了泛舟和垂钓的生意。小镇里有一家打铁店,37年前它就在这里,现在还在这里,这样的打铁店真是难得一见了。

山川形便和犬牙交错

一条山道连接了两个县域,转个弯就是另一个县境了。这里溪水较小,但溪流较多,多条小溪都蜿蜒曲折地在这一带山岭附近汇合了。一户三层楼房的农家是这个县的,紧挨着一户带很大水泥院落的农家却是另一个县的。一时把我们弄糊涂了。

坐在溪景楼的茶桌上,看着山溪和山岭想,这里规划县界,不知可是依据传统的"山川形便"而又"犬牙交错"原则。

山区的山形和水向,实在是太复杂了。

独特性与一致性

沿着溪谷,一条平坦的柏油大道一直通到深山的腹地,当地人称这条大道为"绿色通道"。

山高溪就高,山深水就长。不是溪顺着路而走,而是路跟着溪来。

溪畔人家的午餐除了房前屋后产的老公鸡、大米饭、山黑猪、干竹笋以外,也有土豆、豆角、青豆等山外多见的食材。

随着绿色通道的开通,交通便捷,深山里的独特性在逐渐减少,而与山外的一致性则逐渐增多了。

山冲转角处

山冲的转角处住着一户人家。

从山弯的老石桥上看那个山冲，看山冲崖下蜿蜒而下的小溪流，看那块鳞片般层层而低的稻田，看那户安详的人家，看那户人家屋后葱绿的陡山，霎时觉得心性安顿下来了。

那个山冲只有三五百平方米。山溪从崖下的石丛间蜿蜒流下，穿过老石桥，汇入下面的山涧里去。山冲里的土地被分成数十个大小不一鳞片般的小田层层低去，稻谷黄熟，如画卷般的。那个山户人家是一幢紫瓦粉墙"L"形的两层小楼，楼前面的平地上晾晒着一片山芋般的天麻，楼后的山峰陡峭高直，杂树相交。

我在山弯的老石桥上待了很久。

没有人来，也没有人去。

想必这里 500 年来一直如此的。

静谧而又安详。

溪谷平原与河流阶地

小溪愈流愈大,山谷开阔之处,也就是小溪汇入大溪的地方。

大溪在两山之间的深谷里奔流,溪谷宽阔,溪谷的两边形成大片的溪谷平原,这是大溪常年从上流搬运泥土杂物堆积的结果。溪谷平原平坦肥沃,山民在上面植稻种豆。大溪靠近山崖的地方都是刚性河岸,那些难啃的整块硬石也被流水啃得凹凸不平了。

宽阔的深谷里还能见到一层高过一层的河流阶地,这是河水不断下切,老河滩被不断遗弃的结果:河床最初海拔较高,当河水带走河床底部的泥土后,河水就在较低的河床上流动了;河流如此不断下切,就在河谷里留下一阶比一阶高的河流阶地了。

河流阶地较高的阶地面上种满了玉米、黄豆、山芋、花生、芝麻等旱粮,较低的阶地面上种满了水稻、毛芋头等需水作物。阶地坡脚小溪流过的地方,一些青年期的鸭子嘎嘎叫着在水里扑扇翅膀。水边的蓼开着穗形的红花。

逐渐来到河流的上游

在农家山居的屋顶上

仲秋的山谷里一切都仿佛上一个月,上两个月,上五个月。毛竹依然翠绿,板栗树叶片深厚,崖壁上渗出山水,溪岸边的巨石上长满苔藓,山芋叶也被过午的暖阳晒得油黑温软。

猪草树的花已经败尽了,板栗树只在梢头留下不超过 6 个灰黑色的板栗,路边长条形的小块地里黄豆变黄了,山头树林里的鸟叫声既慵懒又悠长。

在农家山居的屋顶上翻着书就能睡着,醒来后一动不动,仍然看得见溪谷里的流水和山头上的风光。

逐渐来到河流的上游

阶地上的收割

20天前阶地里的水稻还连青带黄,我再来时农人正抢晴天抓紧收割。我走下路坡,在碎沙和沙土组成的暗紫色的蔬菜地边,找了一个有野草的地方坐下来,稍稍地居高临下,看着二三十位农人分成三部分收割水稻。下午的阳光还有些毒热。从我坐的地方能看得清宽阔的河谷对面山坡上浓绿的茶园,能看得清宽阔的河谷对面山脚下稠密的毛竹林,能看得清河谷中间水流湍急的河水,但最能看得清、看得明白的是一层高于一层的河谷阶地,也就是早已被农人改造成良田的稻地。

浓绿的茶园仍然常常吸引我的目光,让我把目光平置、远望。茶叶浓绿的叶面反射着阳光,有时会有些晃眼,会有些让人散神、分心。

我的意识会有些流动起来,穿过时光的高速路,向着山山岭岭里飞奔。但目光里总会有大山里的这条河流,总会有这些从源头聚来,汇成大河的小溪流。

到傍晚时,阶地上的水稻就收割得差不多了。

大坝政治学

又一座水库大坝出现了,在两座较大的山岭之间,显得敦实厚重。

大坝旁边有一个院子,门外的墙上挂着"电站重地"的警示牌,感觉附近人们的用电,都不会有问题啦。

水库和水电站对我们的生活起到重要作用:防洪、蓄水、灌溉、发电、养鱼、旅游,它们提升了我们的生活品质。

但是,当我们富裕到不一定需要它们的时候,我们就会用苛求和挑剔的眼光看它们,就可能认为它们切断了生态链,带来了众多生态问题、安全问题,技术性的大坝就会变成政治性的大坝。

有些人要求恢复河流原状。

于是,大坝政治学应运而生。

钓鱼台

无论将来怎样,水库曾经在我们的记忆里扮演过的角色,我们已经很难忘掉了。

20世纪90年代中期,我跟着山区小学的陈老师,到他所在的学校去。

钓鱼台水库在大别山南部的陈汉乡境内,我们上船时,太阳已略略往西天偏去了一些。船是一艘能载人载货的木船,虽不很大,但只载了我们两个,就显得宽敞了许多。这里是大别山的南缘,举目四望,山,愈往北愈深,山影幢幢,峰尖明丽,林木时浅时郁。

季值七月,暑热正甚,但漂在这邈远的一汪水里,山色幽寂,水汽钢蓝,暑意早已是减了五分。船向西北方向划去。划船的是个中年汉子,面黑红,前额脱发,眼神明亮,显出了一脸的大智慧。我不禁瞩目于他。同行的陈老师笑问:

"怎么船费又涨了?"

"没涨,还是一块五。"他眼望着远里,心平气和地说,俄顷,又半尘半仙地添了半句,"山里钱真少……"

获过全国"园丁奖"的陈老师,温善沉静,却只有20多岁。一时话稀,船一纵一纵往前滑行。一只返航的小船,贴着直峭的湖岸,"呀,呀……"地划了过去。岸上中山腰里,三五个人,形象倒很清晰,赤胸袒肩,但都小了数号,如玩偶豆儿人,正抡锤插钎,在陡壁上撬山搬崖。"那是干什么的?"我问。"开公路的。"

就那么几个人?那得开到驴年马月?心里疑惑着,口里不讲,只张嘴结舌,凝望那几个蚁般的人儿。山锤在林湖岭莽间"咣,咣,咣……"地响着,却无半点噪音。船倏地靠了陡岸,从陡岸上下来一个拎包的妇女。妇女30多岁,笑眯眯的脸,笑眯眯的眼。

逐渐来到河流的上游

上来了,陈老师就问她:

"上哪去的?"

"回娘家的。"

"回哪里的娘家?"

"回北浴的娘家?"

"那得带晚了。"

"带晚?下了船,还得翻两座山……"

太阳更是往西偏了。船上的人都不言声,山锤一锤一锤在山岭湖林里响着,桨声也夹在锤音里一声一声地响着。船,往东横了去。山岸夹逼,水势瘦削,两崖间现出一道桥形来,凉意滥漫。

暑气更弱不禁风,半依半偎,心思可人。不经意间,随嘴就问了陈老师一句:"你家在哪里?""还在后面山上。"陈老师已回到家乡来了,眼神里便能看出些许端倪,是更加温善的一种表情。

船在湖梢里、山根下七转八磨……眼前豁然一敞,船轻泊于石岸旁。傍岸洗脚的男人和洗衣的女人都直起腰来,问候着陈老师:"陈老师。""陈老师。"一群放学的孩子,赤着脚,寸头糙面,斜挎了简旧的书包,从山径上、田埂边、绿丛后,飞跃而至,"老师好!老师好!",又飞跃而过,消散在山里人家的情意里……

"那就是朱湾……"原来远山的坡腰间,是一片灰瓦蓝烟。一面小红旗,伸在杆头——那定是山里的小学校了。陈老师掏出钱付给船手。一刹那里我想,山间的钱,真太过便宜了。我们攀上山间的坦路,往朱湾走去。

——暑气,现已是九分消去了!

小溪汇入大溪的地方

小溪汇入大溪的地方有几户人家。

太阳将落未落的时候,在这里生活的人似乎都回到了这里:一对30多岁的夫妇在溪畔的菜地里挖土、浇水,白天他们都不在家里,他们都在附近的镇上或工地上做事,只有傍晚时分他们才会回到家里,脱去安全帽和工作服,穿上休闲的单衣,夫妇一块儿,做些闲散的事情。

两个十一二岁的孩子,一个男孩,一个女孩,在房屋旁边的路上,一个向空中吹泡泡,另一个吃零食,拿着一块用当地野菜和糯米粉做成的野菜粑,他们给这里带来了未来的气氛。平时在这里看到的,要么是一位老太太坐在敞开的房门里看着盘山路,要么是一片静寂。孩子们给这里带来了生气。

这时候,附近的盘山公路上,随时可见戴安全帽骑摩托车的男人往家赶。

不知道他们住在哪里。

但知道只有他们存在,他们所在的那个地方才有生气。

最后一片峡谷

水库下游的峡谷宽阔而曲折。

漫滩地上长满绿茵茵矮小贴地的野草,宽展又漫漶。

或许这里是河流进入低山丘陵区的最后一片峡谷了,因而显得更加宽大、宏伟、险峻、孤注一掷。

顺着河流和峡谷再往外走,就会走出大山,走入丘陵、平原。

广场舞

这是深山公路边的一些农家山居,山居面水背山。当夜幕完全遮盖下来以后,山居和公路附近的几盏路灯亮起来,这似乎是深岭大山里唯一的人气了。

但是山居和公路之间的一片平地上突然响起了广场舞的歌曲。歌曲响起来以后,就有一些中年妇女、小孩和老人陆续向这里聚拢来。中年妇女们开始随着节拍投入地跳舞,小孩钻来钻去地玩,老人安静地站着或坐着。

我们一直待在山居的屋顶上,喝着山野茶,看周围的山影、天空的星星、峡谷里黑黝黝看不出所以然的河流水面。

广场上的中年妇女乐此不疲地一曲接一曲地跳着,从屋顶上能看见她们有规律的步子和扭动。

节奏感很强的歌曲真好听!

每一首都好听!

这都是人类的创造!

山垭口

山里太阳在山头后面发出亮光,已经快要出来了,但愈往山外走,雾却愈浓起来,过山垭口的时候,雾已经浓得和山分不开了。

山垭口的外面,四条溪流同时汇入一片开阔的洼地。洼地里点缀着大大小小几座独山,山上开辟有茶园。肥鸭在收割过的稻田里摇晃着肉嘟嘟的身子觅食。木槿和紫叶树上的蜘蛛网因为挂满了雾水而十分显眼。路边人家的门前,一对夫妻在结网、收拾鱼鲜,看样子,这些溪流汇集的地方,是多有鱼虾的。

垭口外

垭口外的山岭越来越矮，宽阔的河谷却越来越多。一棵直径两米多的老树长在一个平坦的高台上，这可能是深山老岭即将结束的标志。河流上架着一座大跨度的单孔桥。

我的情绪忽然有些低落。我努力地观察着车外的景色，但低落的情绪难以得到改善，车外的景色显得单调和无趣。我不明白这是为什么。我想找到原因，却怎么也找不到明显的合理的原因。可是十几分钟后，不觉间我又恢复了原有的情绪，车外的景色又鲜活起来。

为了庆祝这种失而复得，我给妻子打了个电话，问她和外孙女及亲家在家里玩得怎样。

她们玩得很开心。

这就好了。

有磁性的鸟啼声

　　晨雾在较低的山岭间时聚时散,但毕竟太阳已经升起了,雾气的消散,是迟早的事情。
　　河滩随着河谷转了个近 90 度的大弯。河岸上的毛竹长得稀疏了不少,细竹开始出现在河岸边。河滩上长着一些开蓝色花朵的鸭跖草,另有一些疑似虎尾草的野草。近水的一处小高地上长着几棵较大的枫杨树,一辆车顶带有野餐时要用的折叠架的越野车停在路边,看来车里的人正在犹豫是否在此地野餐。
　　见阳的地方暖热,背阳的地方还阴凉着。磁性的鸟啼声在灌木林中响起。农家山居沿河而建,时续时断,有一些窄小的石桥把对岸的山居与此岸的道路连接起来。

烧烤用的竹签

　　一位少妇和孩子都穿着红衣服在山居前的平台上闲玩,平台的边缘种着多种花草。一位老太太在路对面河流岸上的菜园里做点事,菜园和道路之间既生长着洋姜,也生长着正在结籽的苍耳和葎草。
　　另一户山居的门前摆着一堆南瓜,懒洋洋地晒着太阳,房前路边则种满了开紫红色花的鸡冠花、开大红色花的美人蕉。
　　一大片淡黄的细竹棍被拦腰捆扎了,在菜园和房屋之间的平地上晒,周边散发着一种特殊的竹汁的甜香气。不远处有一个简易的无墙工棚,工人们正拿起太阳下晾晒的细竹棍制作着什么。原来这就是城市里烧烤摊用的竹签呀!

强大与弱小

我从河谷的高处下到河滩上。

河谷中心的河床上水流不息。水很浅,水面下河床上的卵石和砾石看得清清楚楚。卵石和砾石有大有小,大的卵石的重量能有好几吨,可见流水的力量有多么大!小的卵石可以像一粒黄豆那么小,小的砾石更能小得像一粒芝麻。

我拣了几粒有纹路的小卵石放在手里玩,又用手指弹弹它们,试图听出它们的质地来。

河对岸有陡直的山崖,山崖由整块整块的巨石组成。但是千年万年后,这些巨石都可能只剩下被我拿在手里把玩的小卵石。强大和弱小就是这样转换的吧?

晒太阳的蛇

我想起去年深秋我们在大山里。

我们顺山道往山上的一户农家走,去那户农家楼前花草茂盛的平台上,居高临下看山景和溪流。

突然我们看见一条小青蛇盘在青石路上晒太阳。小青蛇看见有人来,就勉强地竖起脑袋吓唬人,但它因为气温下降而不甚灵活的举动,是谁都看得明白的。

大家都绕着过去了。但是我觉得它很小,如果它仍在路上逗留,很可能会被人有意无意地伤害。于是我拾了根干竹枝,努力地挑呀挑,终于把它挑进了路边的草丛中。

找个地方藏起来冬眠,才是那个季节它应该做的事呀!

电影的默片

山路一转,山间小平原展现在眼前。我最喜欢这样的展现,这给略显单调的旅途增添了惊喜。

山间小平原随着河流的蜿蜒而蜿蜒,或河流随着山势的蜿蜒而蜿蜒,一直蜿蜒消失在重叠的山影里。

山路两边出现大片或小片正在开白花的菊田,一片白,又一片白,在时宽时窄的山间谷地里,向前延伸而去。

整个山谷都弥散着一股菊花的清香气和稻花的农耕气。

菊农们都忙着低头采花,无暇他顾。

山路上没有机动车经过时,山谷里就安静得像是一部默片了。

泄洪道

河谷和河滩愈加宽阔,但河床里的水很浅,这是泄洪水道的典型特征。河滩里挖沙、挖砾石的机械多起来,重型卡车忙碌地来来去去,这些建材看起来很容易得到,只是不知价钱卖得如何。

路边的小茶厂多起来。山脚伸入河谷的平地上,是大片的茶园,虽然在一般观念中,高山云雾茶最难得,但海拔稍低的浅山中,茶园易建,管理起来也更容易。

山脚下和谷地上的小菜地里长着萝卜、刚栽下的大白菜、成穴撒种的小白菜、一丛一丛的韭菜和分葱,辣椒还在结果。

山路上的车也多起来了,不断有农用车、摩托车驶过。电动三轮车上坐着老少一家人,不知是去集镇上,还是去亲戚家喝喜酒——刚才山后面曾放过一阵冲天炮。

文明不上山

河流蜿蜒而下。

村庄愈容易见到,户与户之间的房屋不再是独立的山居,而是一排一排盖在一起了,这说明人口越来越稠密了。山塘也越来越多,经营性的山庄渐次出现,丛生的细竹出现的频率更高,竹木检查站也在路边出现了。

山岭仿佛一下子就消失在身后了,一股酿酒的酒糟味扑鼻而来,好像代表着热闹、喧嚣、丰富的人境的到来。

荷塘出现,一池的荷叶还绿得鲜艳,可能是在岗脚丘北的原因吧。另一个池塘里长满了菱角,成群结队的小鱼忽闪到了岸边,忽闪又到了菱叶间。

"梵林、禅茶"这样的文字出现在路边林木后面的老房子前,这在深山老林里难得一见。人多的地方文化才发达。文明不上山,讲的就是这样一种现象、这样一个道理。

红色尼龙袋盛装的板栗

　　山货都运到山外的小镇上出售。早上小镇的丁字路口,会有许多山民排成一排卖板栗,这些板栗不知为何都用红色尼龙袋或红色塑料袋盛装,排成一排的红色尼龙袋显得既别致,又壮观。

　　低丘下有大片已收割或正成熟或仍老青的稻田,这样的稻田面积,在老山里根本见不到。一棵很大的栾树正在开枯纸一样的花。河滩里到处都是沙土,沙场于是随处可见,运沙土的货车费力地喘息着爬上堤岸。这都是微丘平原的季节节奏。

　　多日不见的蚊子夜晚频频造访。我开了灯,试图用手机拍一个蚊子清晰的全貌,蚊子们却都隐身不见了,怎么等都等不来它们。

钓鱼人的装备现在都上档次了

蓝色的牵牛花、红色的茑萝和厚实的南瓜叶交织在一起。稻田里还有很青的水稻。这是当地当年的第二季水稻,虽然成熟得很晚,但两季的收成,会比一季的收成高许多。

河道已经十分宽阔了。沙土质的河滩,脚踩上去,既软和,又不下陷。河滩上成片成片地长着不高大的蒿子,更低矮的植物还有开蓝花的鸭跖草、贴着地横行蔓延的拉拉钩(葎草)、扒根草、牛筋草和毛谷谷草。水稗草和蓼也都长得不大。

水较大的地方有小沙洲,这是临时的。水更大的时候这些小沙洲就没入水底了,水较小的时候这些小沙洲又和河滩连成了一片。一位农人扛着一把竹竿做成的锄头,到堤外的一块农田里去。河边钓鱼的人在哪里都少不了,现在他们的装备都上档次了。他们的车停在堤上,人坐在遮阳伞下,一个女人躺在躺椅上看别人钓鱼。

孔子说,居家时可以穿得随便一些

路边等车或行走的女孩大都穿着裙子,有的还戴着墨镜。

孔子说,家居时可以穿得随便一些。但出现在路边人家平台上的少妇也大多比山里的家居妇女穿得更整齐些。

丘陵地带早上也有很大的雾气,但雾团之间显露出来的不是高山和深谷,而是岗上的农舍、开花的蜀葵和巨大的毛竹堆场。(毛竹在浅山低丘区已经消失了,这些毛竹都是从邻近的山区运来的。)

许多小型米厂在路边的村庄现身,米厂的背后都是大片大片的稻田。

人工种植的杨树又逐渐成为当地植物群落的优势种。杨树的树干很直,长得也很快,但如果只见得到它们,就显得很单调。

中游多是微丘和平原

荷塘、菱角池塘接连出现

荷塘、菱角池塘接连出现,这在深山老岭里难得一见。

也许深山老岭海拔高,泉水凉,山高泉凉,不利于荷及菱角的生长,或者荷及菱角还未能进化得适应山高泉凉的地理环境。

我短暂地坐在荷塘或菱角塘边,想到这些事情。

我们或许可以进化成这样,也可以进化成另一样;植物可以进化成这样,也可以进化成另一样。我们想象我们或它们有这些进化的选择,但实际上我们或它们有没有选择,我不能肯定。

就像刚刚有一位年轻利落的女子,骑着轻巧的电动车经过我的身后,到池塘对面的房门口停下,骗腿儿下车,轻盈地进屋一样,她或许可以生活在此处,也可以生活在别处,看起来她似乎有许多选择,但她到底是有许多选择,还是命运决定了她只能生活在此处,我不能肯定。

全是沙地

河堤外全是沙土地。一户农家的三位中老年人在花生地里插了一把遮阳伞,坐在遮阳伞下,不紧不慢地摘着花生。地里还有很青的玉米,这是麦茬玉米,就是收过小麦才种的玉米,甚至是收过小麦又过些时候才种的玉米,不然不会成熟得这么晚。

河堤内的沙场更大了,吸沙船、推土机、重型卡车,都一刻不停地忙碌着。一位中年妇女手里夹着冒烟的烟卷,从河堤内的沙场里,走向河堤外的一处简易房。简易房外面有塑料盆、水桶、桌子,大概是做饭和吃饭的地方。

沙土地里的块根植物——红芋、花生、萝卜,都长得不错,黄豆和绿豆也都成熟变暗了。

栾树浅紫色的果实落了一地。扎着红绸和红花的婚车在路边排成了一排。

最适合盖着薄被酣睡的凌晨

天还没亮,又时断时续下着不大的秋雨,正是盖着薄被睡得最酣的时候,但河边小镇的十字路口,早点店已经开门做准备了。一个中年人把炸油条和糖糕的案板搬到门外的棚子下,把折叠起来的圆桌打开。当他走进屋里以后,小镇和十字路口就重新静默下来,许久都没有人,没有人声,只有早点店敞开的门里亮着的灯。

沿河道路的人家门口,一辆面包车的小灯亮着,这说明驾驶员已经起来,要开车出门做事去了。

黑暗的路上不时有一盏独眼灯迎面而来,这绝大多数是起早骑摩托车出门的男人。也有可能是一辆手扶拖拉机。在这样不冷不热下着秋雨最适合盖着薄被酣睡的凌晨,早起在河边路上行走的人,各有各的原因。

苍耳成林

秋雨漓漓地下了一阵,然后就消停了。

两河交汇处的滩地愈来愈宽展,河流在滩地里曲折流去,消失在目力所不及的远方。

从堤坡一直绵延到河滩上,都是果实累累的苍耳(蒺藜狗子),仿佛是人工种植的,正待收获的样子。苍耳的丛莽中有一条人工开辟的小路,小路一直通到河滩上苍耳绝迹的地方。小路的尽头是一头奶里奶气的小水牛,它懵懂地昂脸看着堤上的人,附近也看不见它的同类。

远处一直有公鸡的打鸣声传来。平展的河滩的土地上,仔细看时能看见上面有一行人的脚印。眼光顺着脚印找去,竟然还真有一个钓鱼的人,在河流转弯荒僻处一片苍耳丛旁站着钓鱼。

不知苍耳会不会钩在他的衣服上。

橙红的柿子和桂花的香气

　　河流进入微丘地带。人们在比较平坦的微丘岗地上也修建了水库,有些在两千多年前就修建了。它的拦水坝长达两千米,放水的闸门却只有五七米。但这已经够了,这不是邻近山区的泄洪道,无须在汛期面对超量下泄的洪水。

　　这样的水库主要是为灌溉和人畜饮水服务。在水库的坝下,种植着一望无际正在黄熟的水稻。旱涝保收的水利条件,使附近地区成为富甲一方的鱼米之乡。

　　公鸡一直不紧不慢地在什么地方打鸣。稻田的路边,一些红顶的两层或三层楼房依次排列,不小的院子也是必需的,一家人在院子里吃饭、喝茶、说话,才有温暖的感觉。院里院外的柿子树上挂满了橙红的柿子,望去十分馋人。桂花的香气飘荡在稻田和村庄的附近,整个秋季都不会消散。

渡口

河流每隔五里七里,就可能有一个渡口。

当晨雾消散,零星的秋雨消停以后,我们就能看到一只长着奇特羽冠的大鸟在河堤上漫步。我们一定会想:许多年以来除了麻雀以外,我们几乎见不到别的鸟,那么它们这几十年是怎样躲过人类的视线存活下来,现在又不慌不忙地在我们面前散步的呢?

从河堤上河口管理处的院子里走出来一位中年妇女,她赤着脚,穿着宽松的衣裤,登上正对着渡口的一个高台,盘腿坐在上面,高高地伸开双臂,长时间保持一个姿势不变,居高临下面对渡口。我们被她的力道骇住,和她一样,久久地看着下面的河流和渡口。

水流似乎有点湍急,毕竟这里离两河交汇的地方不远了。我们看见一辆小轿车开到停在渡口的渡船上,又有两辆摩托车开上去。于是渡船离开渡口,向河对岸驶去。

两河口

终于又一条河从左岸汇过来了。

两河交汇的地方当地人一般都叫两河口。但当地人有时也把这样的地方叫作三河口,因为一眼望去,的确像是有三条河在这里交汇。

两河口一般要占据更大的地面,两条河的河床、两条河的河滩、两条河的河堤,再加上汇合后的那一条河的河床、河滩、河堤,因此场面一般显得比较大。

两河口附近常常停着许多货船,不知道它们为什么喜欢停在这样的地方,也许是因为两河口附近常常建有码头吧?但为什么码头又常常喜欢建在这样的地方?也许是因为两河相交的地方常常建有古老的水镇吧?但不知道古老的水镇为什么常常喜欢建在这样的地方,也许这样的地方在古代是交通要道吧?

水镇

水镇现在还有古旧的石板路。码头上的老候船室,陈年大院里长着数百年的古树。水镇现在还保存有两个古城门、一小段古城墙,城门里的街道曲里拐弯。几百年来人们都知道七十二水归水镇的说法。

秋天的傍晚人们总由城门出去,到河堤上散步、遛风。孩子们和狗们更是兴奋得止息不住。左岸右岸好几条河在这里交汇,因此在河堤上居高而望,秋风习习,天地广阔,水自天边来,又向天际去,胸怀真是无边开阔的。

水镇的人又喜欢放风筝。各式各样的风筝在河流上、秋空中微微晃动。一艘一艘的大船不动声色、不舍昼夜地逆水而上,也得见了时光和人境的繁忙。

天似暗未黑的时候,许多大人仍在看河,许多男孩仍在打闹,许多女孩仍在跳皮筋。打眼一望就望见跳皮筋的女孩子里,有两个十一二岁的双胞胎,个头高挑,皮肤白皙,身姿挺拔,貌美若仙。是许多年前的一瞥了,如今却不知她们身在何处,命运如何……

水镇的傍晚

傍晚时分的水镇也十分热闹,这主要是由于镇里有两个幼儿园、一个中心小学、一个初级中学。家长们接到孩子后会应孩子的要求在街上的十字路口买些吃的。中学生们在上晚自习前都在街上转转或买些好吃的。再加上忙了一天站在门口说说话的成年人,水镇的人气一下子就旺起来了。

十字路口除了卤菜外,主要以面食为主,有枕头馍、肉夹馍、烧饼、馓子、麻花,还有牛肉面、鸡蛋面、肉丝面、馄饨、面疙瘩、长寿面。

天稍暗时街上的人就开始减少了,中学生们回学校了,孩子们回家了,大人们回屋了,另有一部分人去镇外的河堤上了。

天色渐渐就暗下去了。

河上的水汽渐渐就洇上来了。

人声也就渐渐灭下去了。

中游多是微丘和平原

牛羊斜日自归村

河流中游地区的大城市也多了起来。我们现在都生活在城市里。

我们喜欢城市，离不开城市；我们也喜欢乡村，但我们离得开乡村。其实乡村有时候只是我们生活的补充和点缀，有时候只是我们矫情时的说辞。

天气晴朗时，我沿一条沙石土路快步走。沙石土路并不是有意铺垫的沙石，而是自然存在的沙石。因为这一带是丘陵岗地，铲开野草铺就的地表，地下都是细碎的沙石和略微发黄发红的粗土，开辟一条简易的小路，只需把地面整平即可。

我穿过丘陵上的松林，多次上下起伏后，终于走到湖边。在这里可以看见浩渺的湖面，也可以看见离湖岸不远的渔船，还能看见湖中隐约出现的小岛。我沿着湖岸北行数百米，眼前出现了一片高平的岗地，这里春夏通常会种植一些红芋、玉米、黄豆等旱粮，现在则长着青鲜鲜的冬小麦。岗地另一端仿佛断崖，站在"断崖"上，大片稻田尽收眼底。此刻稻田都闲置着，有的稻田里灌满了水，有的稻田里覆盖着一层正在灰枯腐烂的稻根。因为晚稻收割以后,时光已暮,种小麦和油菜都已晚了季节,所以这些稻田休息了一个冬天后,春天会被人们再次种上水稻。

词人的词作常常会有意无意暴露他们眼中的地理,暴露特色明显的地理特征和人文面貌,翻检起来,也有十分的味道。北宋徐积《渔父乐》云:

> 水曲山隈四五家,夕阳烟火隔芦花。渔唱歇,醉眠斜。纶竿蓑笠是生涯。

山水相依,渔火人烟,一般芦花不生在海拔较高的深山里,因此这里书写的,或是山低水阔的丘陵地带。水流曲折处,山势转回地,渔村向晚中,平淡生活里,正有此种心态、此番意境。

裴湘写北方的地理,似为一绝,其词作《浪淘沙》云:

> 雁塞说并门。郡枕西汾。山形高下远相吞。古寺楼台依碧嶂,烟景遥分。
> 晋朝锁溪云。箫鼓仍存。牛羊斜日自归村。惟有故城禾黍地,前事消魂。

雁门关、太原城、汾河水、山形高下、牛羊归村,都是北方地物与信息。

辛弃疾亦是地理背景写作的高手,他的这一类乡野田园词虽显闲适,却流露出无限的趣味和意韵。其词《清平乐》云:

> 茅檐低小,溪上青青草。醉里吴音相媚好,白发谁家翁媪?
> 大儿锄豆溪东,中儿正织鸡笼。最喜小儿无赖,溪头卧剥莲蓬。

这是古吴地的江南,但泛指的江南实在是太大了,就像泛指的吴音区也是很大的区域一样。此时词人正在现属江西上饶的那一带生活,这里的吴音或虚指南方话。从"溪水、莲蓬、锄豆、茅檐"这些词里即可看得出来,这里不是平原,但也有平地旱田;这里虽有旱田,但也有莲蓬水产;这里不是大山,但有溪也就有山。

地理的背景,在文学作品里总是时隐时现的。

婚礼已经举办了,春天还会远吗?

城市有城市的情怀,乡村有乡村的风尚。

这一年的春节和立春挨得较近。立春是民间普遍认同的春天的起点,春节就成为接近这一年春天的最后一场狂欢、最后一场聚会、最后一次大型亲友团聚,或春天以后的第一场狂欢、第一场聚会、第一次大型亲友团聚的舞台了。

春节前的那些好日子都被婚礼占为己有了。这样的所谓好日子,不外乎是农历宜婚嫁又逢八见六,阳历逢八见六又是双休或节假日的日子。

婚礼定在当晚的六点十八分。为何要定在晚上而不是中午?据说定在晚上有如下依据:《诗经》里有"昏以为期,明星煌煌"等描写青年男女相约黄昏时的场景,因而后人将诗意演化为民俗,"婚"即黄昏之"昏",古人"娶妇以昏时"就是指的黄昏,"姻"表示一种亲或爱的关系,因而"婚姻"的意思就是在黄昏那个时段结成亲爱的关系。也正是北宋欧阳修的词意:"月上柳梢头,人约黄昏后。"黄淮地区的婚礼原来都定在中午,而江淮地区都定在晚上。按理说黄淮地区是华夏文明规则的制定地区,古风应该更多保留才对。这里或许还有许多不为我所知的风俗演化内容。

亲朋陆续到达,送上红包和祝福,而后与新人合影留念。婚礼一定不会在六点十八分开始,往往会延迟到六点五十八或七点十八。婚礼结束后婚宴开始。城市的婚宴总是有些草率,酒店菜上得快,客人喝了喜酒,拿了喜糖,很快就散了。农村婚宴的时间长,人们平时分散生活在各个村庄里,许多亲戚还来自邻县、邻省,见一面聚一次不那么容易,因此婚宴的时间就拖得长。以前农村还有流水席。考虑到人们路程远近不同,难以同时到达,农村的时间观念也不强,没法等人到齐再开席,于是就开流水席,谁到谁上桌,谁吃好谁先走,菜流水一样地上,人流水一样地来来去去,从上午开到午夜,也算是因地制宜了。

婚宴散了后,我连夜赶往乡下。到了湖边我走不动了,因为有一轮月亮挂在半空。这是城中难得一见的风景:一方面,城中的月亮常为雾霾隔挡;另一方面,城里人已经失去"举头望明月"的兴致和习惯了,没有那个心境,也没有那个雅趣了。我在靠近湖边的地方下了车,静听湖水拍打沙石岸滩之声,默认寒风往我脸上的吹拂。正如英国诗人雪莱的诗意:"冬天来了,春天还会远吗?"现在我说,婚礼已经举办了,更多的喜事还会远吗?月亮已经升起来了,天亮的时刻还会远吗?我的心已经平静下来了,我的状态还会差吗?湖水已经现出波光了,湖里的鱼儿还能不快活吗?车票已经检过了,开车的时刻还会远吗?地基已经打好了,大楼盖起来还不快吗?油已经下锅了,美食还不上桌吗?时光已经流逝了,智慧还能不积累吗?

小年已经到了,春天还会远吗?

小年已经到了,春天还会远吗?

小年一般是腊月二十三,但也不一定。据说北方一般过腊月二十三,南方一般过腊月二十四。还有一些地区,周围的县市小年都是腊月二十三,但偏偏其中有一两个县,小年是腊月二十四。内里的源流不很清楚,可能是民间流传的"官三民四船家五"或"官三民四佛道五"的原因吧,意思是过小年要官家先过,百姓后过,船民或佛道人士最后过。北方几百年来一直是首都所在地,可以认为是官方,而南方都是后教化之地,可以认为是民间或自认为是民间。这至少说明,小年概念的影响还远不及春节等概念的影响,因为没有达成广泛共识的概念,都是部分地区的局部概念,都还有进一步提升影响的空间,但也有渐趋湮灭的风险。

淮河以北的小年,大都在腊月二十三,而且过的是中午。这一天中午,我们会去亲戚家里吃饭,虽然也算团圆饭,但并不要求亲戚和家人都到齐,也没有固定的菜品。就是家常菜,不过自然要比平常丰盛些。荤菜有牛肉、卤猪蹄、烧鸡、卤猪肚、辣子羊肚、红烧鱼、炒羊肉串、木耳肉片等。蔬菜、青菜最受欢迎,有四季青炒蘑菇、青菜豆腐、炒黄豆芽、醋炝白菜、干豆角炒笋子等。圆子则是必不可少的,寓意团团圆圆。汤类有鸡蛋虾米汤。主食有米饭、面条、烙馍(卷羊肉串)。开吃以前先拍照发到微信朋友圈,如此这般,就可以边吃边看手机边回复留言了,还能收获许多点赞、关注和捧场,为小年的午餐助兴。以前黄河以南没有暖气,冬天人过得很无奈,现在许多人家装了暖气,或者来人时开空调,因此聚在一起过小年,吃小年饭,就吃得很从容、很淡定。吃饭不掼蛋,等于没吃饭。饭后家里人在一起打一会儿牌,掼一会儿蛋,下午上班的上班,办事的办事,对亲戚来说,这一年的小年就算过完了。

朋友们晚上在一起过小年。从下午开始,朋友们就在微信群约好了,下午某时陆续前往老地方,自己报告带什么菜,互相协调,尽量不要带重。下午三点左右就有群友陆续来到老地方,凑够四个人时,就开始掼蛋,来点小刺激,提高积极性。再来人就末游下台,轮流上台,待来够八个人时,就凑成两桌,来人更多时,还可以凑成三桌,几个房间里热气腾腾,人气很旺的样子。不打牌的几位负责烧菜做饭,说说笑笑的,不一会儿也就烧煮停当了。傍晚六时左右,朋友间的小年饭开吃,照例是拍照留念,大家聚在餐桌三边,留出一边供拍照使用。拍照一是要拍出桌上丰盛的菜肴,二是要拍出相聚的所有朋友。拍好的照片也要第一时间发到微信朋友圈，一是向其他朋友展示自己在小年夜的存在，二是供所有聚会的朋友自取照片。桌上的菜品自然也十分丰富，大都是来者自带，也有现场烧制的，有卤猪蹄、卤牛肉、贡鹅、卤鸭肫、烧杂鱼、烧花菜、烧豆角、凉拌胡萝卜丝、腌萝卜干、泡菜等，主食有大馍、汤水面皮，圆子仍是必不可少的，象征团团圆圆。餐后活动还是掼蛋，灯火通明、热气腾腾的，直到夜半收场，各自归家安歇。冷空气刚刚过境，室外寒冷清朗，路灯暗淡处，蓝色夜空中的星星，一粒一粒的都数得清。

小年过去了，春节就更近了。小年到了，春天也就不远了。

大年初一换了个日记本

大年初一我换了个日记本。我不是刻意换的,是很巧的事,上一个日记本恰巧在大年三十用尽了,正好在大年初一开始用这个新的。就这么一点小事,我的心情立刻变得更好。

人是容易接受暗示的。这就像我十分认可的那样:不同的心理动力会带来不一样的人生,不同的心理动机也会带来不相同的命运。对人类而言,人生其实是无定的,文化一定是假定的;人生其实是晃动的,而命运一定是不确定和不稳定的。中国的南方人喜欢吃米,认为咸鸭子蒸米饭是世界上最美的美食;北方人认馒头,认定馒头就大葱才营养又美味。文化就像口味一样,没有唯一和统一的标准。

换了个日记本,觉得整个人都焕然一新了,觉得新一年的新生活就此开始了,觉得创造的活力及时更新了,觉得新生命注入内心了,觉得有奔头、有劲头了,规划和设想也就都来了。

明知换一个日记本没有这诸多功能,但心情仍然是愉快的,脚步仍然是轻盈的,浑身仍然是热乎的。浑然不觉、无知者无畏的状态,倒真是一种好状态,真是一种大智若愚,真是一种巧言若拙,真是一种大彻大悟。再说了,你不说谁知道换一个日记本没有这些功能?你不说破这种状态谁知道这种状态只是假象?别人都不说出这种状态的真相,但谁知道他们是真不知道这是一种假象,还是真知道了不说,抑或是故意隐瞒了这种假象?

  我连续地写日记也有好些个年头了。以前写日记都是正儿八经地记事,但是换了日记本以后,我也许会尝试着像胡适、季羡林他们那样,把打麻将、连续打麻将这样的事都写进去;或是将当天相关的报纸剪贴在日记本上,凑些字数;或者写些谈情说爱的事情;或者只写正面的,不写负面的;或者抄录一些读书的内容。总之,要文武视野,不拘一格。

  这,就算我今天的日记了吧。

仨哥儿们的内心

城里人总惦记着下乡踏春的时光。我记得那一年是农历正月底,我们一行人到在乡下还有老宅子的朋友家去。那是山外的丘陵地区,虽然地表起伏,村头和路边都有发红的片石和竹林,但到底不在山里,所以地面大致还是平的。我们在朋友家吃黑毛土猪肉,吃多刺的鳌鲦,吃土豆腐,吃土笋烧干豆角。朋友是个能人,他又给我们喝他家自酿的米酒,领我们去小河沿和旱地头挖野荠菜,在他家小院里打自制的竹麻将,那个春日过得可真是不亦乐乎呢!

但现在还在正月十五以前,春天的脚步恐怕还没有那么快吧?还没到挖野荠菜、踏青游春的日子吧?我想起贺知章的咏柳诗,就有些按捺不住,想去野外看一看,看春意的布洒已到哪块田地了,看春天的脚迹已到哪片枝头了。加上夜里刚下过一些春雨,不大也不小,寒风仿佛已自软去,更催促我的脚步往门外走,往田原里去。

碧玉妆成一树高,万条垂下绿丝绦。

不知细叶谁裁出，二月春风似剪刀。

　　贺诗写的是仲春，那时已春风浩荡，春景万千，春心自不待言。"不知细叶谁裁出，二月春风似剪刀"，仿人拟物，诗境千古。

　　出门走在乡野里，细雨渐止，湿意仍浓，沙质小道上湿漉漉的车辙印明显。打眼望去，地里的油菜、小麦、蚕豆，都在春雨的滋润下支棱起来了。菜园里的景象最为明显，四季青、芫荽、蒜苗、水芹、莴笋、黄心乌、黑心乌叶片上挂着水珠，都鲜灵灵的。路边的香樟树散发出一种特别的味道，既提神，又醒脑。

　　村头的田埂上一哥儿们把手插在口袋里慢慢晃着，怕是过年在老屋里闷急了吧。村子另一头又有一位中年的男人，穿得挺整齐的，在散落着红红一片鞭炮皮的屋山墙外吸烟、踱步，看见我的车过来，他就渴望地看着我过来，又失望地看着我过去。从湖边的简易工房里快步走出又一哥儿们，他煞有介事地走到湖边悄无声息的挖泥船旁边看一看，又看看湖里的水，再看看从旁边经过的我，而后便垂头丧气慢慢走回简易工房里去。

　　这仨哥儿们，他们的内心，不都在盼春暖花开的来临？不都在盼与他人在一起？不都在盼内心的充实？不都在盼那未知的新生活？这都是我的分析或臆断，大模样方面，应该不会错吧？

庄台

庄台是河滩里垫得较高,可以把村庄建在上面的土台子。由于是位于河滩上的高台,汛期,一般的大水能够把庄台变成一个孤岛,如果是特大的洪水,庄台和庄台湾上的村庄,都会泡在水里。

一条路从滩地斜通向庄台里。庄台有大有小。小的庄台,上面可能只有十几户甚至几户人家。大的庄台,可能会容纳一个行政村。超大的庄台,甚至能容纳一个近万人的镇。

庄台是人水争地的标志之一。庄台的四周,都是一望无际的红沙土沃地。10月中下旬种小麦的时节,庄台上的农人先把黄豆和红芋收了,再开着小型拖拉机把红沙壤翻起来,耙平,再把小麦种下去,只要不发大水,年年都会有好收成。

庄台上的学校

由于庄台是人工垫起来的,因此场面有限,上面的农舍一家挨一家,走人的小巷,也仅三五米宽,门对着门,门挨着门,十分局促。

村路可能是青石板路,这里又不产石头,可以想象当年修路下的功夫。

村中心可能会有个略微宽敞点的空地,有两个石狮子,大概是镇水用的。这里是村里人聚集说话的地方。

大些的庄台上还可能有一个复式班,就是在一个班里既有小学一年级学生,也有二年级学生,甚至还有三四年级的学生。教室只有一间,一头是学生在学习,另一头是妇女们在纳鞋底、做针线,小声说着话。孩子们也自由,上课时渴了,随时跑到房屋一头,抓起瓢舀一瓢冷水喝下去,再回到座位上。墙角的草堆里还有一头大肥猪哼哼地睡觉。老师自然也只有一人,教了大的教小的,教了数学教语文,全能型的。

不过现在庄台已经越来越少了,甚至难以见到了,大多数庄台上的人都迁到堤外去了。有一次我去淮河蓄洪区的一个庄台,庄台上有一排排整齐的房子,还有大半新的村委会,却是个"鬼村",人都迁走了,整个庄台都被废弃了。蓦地见到一个人,真有点害怕,赶紧踩油门离开了废弃的庄台。

物产都有了很大的改变

已经进入平原区的河流,不仅在完全不同于山区的地貌里穿行,而且它流过的地方连物产都有了很大的改变。

我看见水镇附近农场的仓房前,人们正在对大量的黄豆扬场,以便去除杂物。这里人们说话的声音显得更浑厚,体格也更高大结实,女人的身体和脸面都长得更开更舒展,女人喊孩子吵孩子的声音也更洪亮。

路上和村庄附近常见有人推着独轮车,运送少量物品到很近的地方去。老年人推着独轮车从集市上回来,腰板挺得笔直。

河堤外的菜地里生长着大片嫩绿的蒿子,掐一把在手里闻一闻,浓烈的蒿子味在手心里要一两个小时才能散尽。

生姜也是菜地里一个显眼的角色,它们能一直长到初冬才渐渐叶枯秆瘦。

中游多是微丘和平原

河堤里的村庄

河堤里的村庄有两种：一种是河堤里用小堤围起来的村庄；一种是垫高了的村庄——庄台。

用小堤把村庄围起来，和把村庄垫高，都是要防止汛期大水把村庄淹没、冲毁。这都是人与水争地才出现的情况。人不可能完全不与水争地，水也不可能完全听人的摆布。

汛期过后的土地平坦、疏松而肥沃，怪不得人们都趋之若鹜呢。在这样的土地上种小麦，如果第二年不发大水，小麦一定会有很好的收成。初夏小麦成熟的时候，麦浪翻滚，远至天涯，野鸟们都隐藏在无边的麦浪中，偶尔从天空飞过，引人注目。

在这样的土地上种蔬菜，也会有很好的收成，芹菜、菠菜、芫荽、大葱、茼蒿、大白菜、乌菜、四季青、辣菜，都长得旺，田间密密麻麻绿油油一片，让人心中惊喜。

块根植物在这样的土地中长得更好，土豆、大蒜、花生、毛芋头、红芋、洋葱，都长得饱满、丰硕。这样的土地疏松、透气，富含腐殖质，适合蔬菜、瓜果的成长。

所以即使有水患困扰，人们还是愿意住在堤内的村庄里，以便就近捕鱼农作。

  但人们迟早会退地让水,把河边和洼地里的土地让给河流,让给湿地和沼泽,到那时候,人地关系才会真正松弛下来。

滩地

  河堤和河流之间的土地一望无际。微微的秋雨中,这片土地显得潮湿、平静、深厚。不要告诉我这是一种懈怠,没有,完全没有这种情况的!我看见杨树几棵几棵地长在一起,仍然挺拔,枝繁叶茂,收割过水稻或黄豆的土地已经翻耕过了,会按季节种上小麦,还有一位农人扛着铁锹在潮湿的田埂上走,村庄里的公鸡打鸣声此起彼伏。

  我会长时间不出所料地待在这里,看着这一切。

中游多是微丘和平原

傍晚的河滩

傍晚时分,一位农妇赶着一群酱白花羊往庄台走去。河滩里刚耕翻过来的红沙壤显得厚润肥沃。一大片萝卜长在沙土地里,叶子浓厚葱翠。

拖拉机带着起沟机在地里起地沟,半湿的土壤被卷起,朝两边飞扬。

河滩上由于树较少而显得广远无边。

庄台上的树虽然不多但能看得到树,远远地看,广阔的河滩上那片有树的地方就一定是庄台了。

平原区的文明

河流进入纯平原区以后,像"华佗"这样的地名,这样的人文符号,骤然多了起来。

华佗是我国东汉末年的一位医学家,在古典小说《三国演义》的推动下,华佗成为我国古代最有名的医生,他为关公刮骨疗毒的神奇故事,也演变成家喻户晓的神医传奇。

华佗虽然神奇,但也只是他家乡众多名人中的一位。在人口众多、人才辈出的平原上,人才总是簇拥而出的,这其实是平原的神奇。

文明不上山,这是说文明进入山区以后就会因山高水远的特点而传播不畅。在山区,人们之间交流的频率和范围比在平原少很多,这会影响文明的成熟和进步。山区的人口也远远少于平原地区,因此名人出现的总数也远逊于平原地区。由于山区在文化和技术上不发达,因此即使出现了类似华佗这样的专家,也可能因为无人记录,或因记录下来的文本传播范围小,而逐渐湮灭了。

中游多是微丘和平原

吃饭不说话,睡觉不交流

正由于河流冲积而成的平原有发展文化、传播文明的条件和便利,因此儒学等都是在平原地区发展起来的。

儒学思想是淮河流域文明的一部分,孔子、孔子的学生曾子、孔子的孙子子思、孟子等儒学核心人物都生活在淮河下游最大的支流泗河流域。

孔子推崇"食不语,寝不言",即吃饭时不说话,睡觉时不交流,因此这种日常准则成为两千多年儒家文明圈的生活规范。这种大范围传播的要求,只有在平原微丘土地上才能实现。

山区却有固化文明的条件,一种技术,一种思想,一种规范,一种概念,一种形式,传播到山区以后,由于缺少新技术、新思想、新规范、新概念、新形式的冲击,很容易保留、固化下来,成为文明的活化石。

正是由于平原有承载大量人口、便于聚集大量人口、方便快捷地传播思想的先天条件,因此所有的文明都只能在比较平坦的地方发展、成熟,再传播至四面八方。

中游多是微丘和平原

永远没有止境

道学也是在平原地区发展起来的。道家思想的几位核心人物,例如老子和庄子,都出生、成长于淮河中游的一条大支流涡河流域,那里是道家思想的滋生地。

老子推崇"人法地,地法天,天法道,道法自然"。这段话的意思是说,人效法地,地效法天,天效法道,道效法自然而然。也就是,天、地、人以及其中的运行规则,都是天衣无缝、环环相扣、相互咬合的。反过来的意思就是,要顺应天然而成的规律,不要人为制造天人之间的对立。在老子的时代,"自然"一词没有"自然界"的概念,而是自然而然、本当如此的意思。

老子又说,"道大,天大,地大,人亦大,域中有四大,而人居其一焉"。这说的也是天、地、人的和谐、平等。人既是万物中心,又不是万物中心:人要自保、自利,因此要以人类为中心,天地万物我都要研究,天地万物都要为我所用。但在天地万物这个大系统中,人又不可能是真正的中心:一场不可预测的大地震就能给人类带来巨大灾难;当我们有了应对地震的办法后,一个不知名的病毒又会突然袭来;当我们了解了地球上的一切后,宇宙中还有无数秘密是人类未知的。所以老子告诫我们，要人类认识到天、地、人的这样一种现实。

淮河流域的羊肉汤

整个淮河流域的羊肉汤都非常好吃。但是过了淮河,到江淮之间,往南,羊肉就有膻味了,这大概是羊肉本身的情况。近30年前,我们全家从宿州迁居到了合肥,兴致勃勃地上街买羊肉。那时合肥的羊肉是不剔骨的,和淮北的剔骨羊肉也不同,开始还很不习惯呢。羊肉买回家,满心期待地炖上一大锅,到吃嘴里的时候却很失望,因为膻味去不掉,多放作料也不行。试过几次,只好作罢,以后羊肉瘾上来了,就请亲戚从淮北往合肥带。

淮北的羊肉我们吃惯了,有些记忆忘不掉。有一年我们回宿州过春节,我下乡游逛,偶然发现路边有个宰羊点,就站在旁边看。只见几位宰羊的师傅轮流作业,有宰杀的,有取皮的,有分解的,动作麻利得不得了,来买羊的人也陆续不断。看得兴起,我也想买一些,师傅却告诉我不零卖。于是我拣小的,索性买了一整只,又多买了几只羊肚,乘车回家,为春节团聚的家庭大餐桌,增添了不少话题和气氛。

淮河、涡河之交的怀远县,汽车站对面那家羊肉汤馆,味道也很不错。他家做的是羊肉白汤,羊肉切得薄薄的,在滚开的羊肉白汤里一涮,羊肉就熟了。盛满白汤,端给客人,葱花、香菜、辣油,客人根据口味,自取自加。他家门外有位女士做烧饼,烧饼是他家羊肉汤的最佳搭档。客人来喝羊肉汤,就少不了要吃烧饼;来吃烧饼,也少不了要喝碗羊肉汤。她家的烧饼也是又薄又长,非常好吃,看上去面积也不小,但分量偏少,一顿要吃三五个才过瘾。清闲时她和卖羊肉汤的老板几人,还会搭班子打打麻将,食客来了就去烤烧饼,其他三人不急不躁地等她,显现一种大众版的寻常日子,滋味悠长。

羊肉汤瘾上来了,挡都挡不住。有一年我和董静由泗洪去宿州,说到了羊肉汤,不由得食瘾大发,决定就近找一家乡村羊肉汤馆,一饱口福。找来找去,都不愿意卖给我们,因为他们卖羊肉汤,只卖整盆的,不卖半盆的。当时就想,唉,这家乡人怎么就这么一根筋,不会做生意呢?找到泗县东郊一个村子,终于找到一家乡村酒店,勉强愿意卖半盆给我们,心想这是卖方市场,由他宰吧。可是想不到半盆羊肉汤热气腾腾端上来,也几乎就是一盆了,淮北人就是实在啊!里面除了大块羊肉外,还有大片生姜、大段大葱,什么都是大的,分量足,气势大。倒上香醋,搅上辣油,就着白面馒头,那一顿吃得,浑身冒汗,淋漓尽兴。

山东滕州的羊肉汤也好吃。秋天我们住在滕州,到木石镇化石沟看墨子祠(玄帝庙),到官桥镇看毛遂墓和孟尝君文化园,在滕州城内看墨子纪念馆。晚上问宾馆服务员哪里有羊肉汤馆,然后就按服务员的指点找了过去。那是一个全羊馆,不大的一个门店,进去后,就见一个 50 岁上下的食客,面前摆了一瓶小酒、一小盆凉拌羊肉、一小碟凉拌羊杂花生米,抿着小酒享受呢,馋死人了。原来这里的羊肉既可以凉拌,也可以喝汤。于是我们赶紧要了两碗羊肉汤、一盘子凉拌羊肝花生米、若干山东煎饼,在羊肉汤里搅上辣油,掺入白醋,大吃大喝起来。不多时,又来了大人小孩一家四口,他们不仅要了羊肉汤、凉拌菜,还要了一盆羊杂汤。看人家吃得香,我抵挡不住诱惑,又要了一碗羊杂汤。半小时后,吃饱喝足,满意地逛逛街,走回宾馆休息去。

蓄洪区

翻过一道堤坝就进入蓄洪区。这里地面平展,但也河道纵横,水体众多,近水的小半岛上蓼花一片红,空心莲子草也铺满了浅水处及岸边,芦草丛生,树零散。农人正抓紧利用阴天耕耙土地,施肥,播种小麦。

蓄洪区就是紧邻河道、四面用大堤围起来的封闭洼地。蓄洪区上游有个进水闸,下游有个退水闸。洪汛期间,如果干流里的水太多了,就打开上口门的进水闸,让一部分洪水流进蓄洪区,等干流洪水流走了,再打开下水门的退水闸,把水放进干流里。

蓄洪区里建有撤退路,蓄洪区将要蓄洪时,住在蓄洪区庄台上的人们,可以通过撤退路,撤退到蓄洪区以外的岗地去。

小水沟里长着茭瓜

蓄洪区水洼里总有许多小岛,上面长满野草。这些水洼和大片的耕地相连,如果这些耕地没有被开垦出来,那就和水洼地共同构成了湿地。

也有大片平整的耕地被撂荒了,不知是什么原因。于是广阔平整的荒地上长满野草,蓼花红得一片又一片,十分惹眼。

几个小庄台相邻而立,庄台上盖满了一层或两层的房子。庄台下面的路边散布着小块菜地,菜都长得油绿旺盛,有韭菜、茴香、蒜苗等。菜地外的小水沟里则这里一丛那里几丛地长着茂盛的茭瓜。

从早到晚,庄台上的人都忙着耕耙河滩上大片的耕地。小型拖拉机可能是自己的,大型拖拉机可能是租来的,因为人家耕好地,收了钱,马不停蹄地又转到另外一块地上去了。季节已经到了。

中游多是微丘和平原

木器

庄台上除柳编厂外,还有一些木器工艺厂。木器工艺的原材料都是当地盛产的泡桐树、柳树等。树干运到厂里后,先用电锯锯成厚薄不等的木块,师傅们再用一种打磨切挖的工具,把木块加工成有艺术含量的碗、盘子、酒器、果盘、挂件、花瓶、坐墩等工艺品,干燥防腐后,就可以出售了。

一位农人,站在离一棵大泡桐树不远的一辆电动三轮车上,把晒轧过的黄豆舀进一个塑料盆里,再举起来,慢慢倒出,利用自然风把壳屑吹走。泡桐和柳树都是当地的优势树种。做木材用,泡桐树质较软,柳树又长得不直,而做工艺木器,这些弱点就不成为弱点了。

杞柳工艺

蓄洪区里大面积种植着杞柳,形成连绵不断的杞柳园。杞柳收割去皮后成为柳编原材料,在当地能工巧匠的手里,能编织成提篮、果盘、挂件等艺术品,出口到国外,会有不错的收入。

仲秋的下午,庄台上的柳编工艺厂的水泥平台上,堆满了各种柳编工艺品,品种繁多,除本色外还有些被漆成了红、蓝等颜色,看上去让人手痒。编织工们或聚在一起,或独占一处,或三三两两,既能工作,又能说话交流,不亦悦乎!

这里的女人

这一带沿河的几个乡镇却是怪事：乡政府出来的一位抱孩子的少妇，骑在电动三轮车上下地干活的一位女孩，街上脖子上有蝴蝶刺青、戴口罩烤红芋的一位女孩，在路边和家人一起摊晒水稻的一位女孩，带孩子骑摩托车在街上慢慢走的一位少妇，在卡车驶过的灰尘中走路的一位妇女，她们全是瓜子脸，细眉大眼，皮肤白细，身材匀称或高挑，都漂亮得很。

或许与集镇南流过的河水有关。

不是没有可能。

一些人世代在这里生活，受到水土的影响。一些人嫁了过来。一些人因为偶然因素搬迁过来。久而久之，这里的女人就形成了这种脸形、肤色和气质。

河蚬

集镇的南边就是日夜流淌的河流。

河流在这里拐了个"S"弯,因此水流到这里就流得缓了,又在河对岸形成一个巨大的冲积平原,是一眼望不到边的样子。春天的青麦,夏天的黄麦,秋天的玉米、大豆,都是很喜人的情景。

由于水流到"S"弯就变得缓了,因此这里的河床上竟独产一种河蚬,成为当地久负盛名的美食。据说这种河蚬只产在这段"S"弯的河床上,到了秋天蚬子肥美时,要由专门的能手带上铲子潜入水底把嵌在水底的肥蚬铲上来。那个时段,集镇的饭店里中午和晚上总飘散着烹蒸河蚬的香气。但由于蚬子的数量少、铲挖难度大,因此价钱较高,当地人一般一年也难得享用几回。

中游多是微丘和平原

在路上的感觉

在河边行走总有一种在路上的感觉。

河水总是在路上的,脚步总是在路上的,心态因此也就总是在路上。

在路上的河水不会腐朽,在路上的脚步不会僵化,在路上的心态不会凝滞。

路上有石子,路上有坑洼,路上甚至还有断头路、断崖式的路。但路上更有风景,有清新,有惊喜,有激动,有热爱,有沉思,有所感所悟,有意蕴无穷的河流相伴。

因此,我愿意永远在路上,永远在河边,永远不停下脚步。

平原的主角

平原的主角每个季节都不相同。毫无疑问,冬天是冬小麦。春天也大体是冬小麦,玉米、水稻、红芋及其他杂粮也陆续推出。夏天是玉米、黄豆、红芋、水稻及其他杂粮,秋天收获这些农作物,冬小麦又下地登场。一年一年地循环。

现在城里人不太在意这些农事的循环,也不怎么关注天气情况对农事的影响。但千年万年累积起来的集体无意识不可能一下子消失。当我们感觉到我们处于农事的环境中时,我们才感觉自己是安全的。

小麦

淮河流域大部分是淮河及其支流冲积而成的平原，小部分是丘陵或山地。这一区域即北纬35°左右，是适宜冬小麦生长的纬度。在这一地区，随处可见冬小麦。农业专家们现在大致认同冬小麦是数千年前从地中海沿岸引进的。冬小麦进入中国的路线可能有两条：一条从中亚经西域到陕西、宁夏；另一条从南亚经云南、贵州进入中国腹地。

在当代中国的所谓谷物系列里，冬小麦单产量位居稻米、玉米之后。论产量，它比不上上述两种作物，更比不上红芋、土豆等作物；论生长周期，它从仲秋一直生长到初夏或仲夏。当然，它的口感、饱腹感，无法替代。所谓口感，就是入口的感觉，人们不但要吃，还要享受饮食的过程，吃到嘴里，觉得好吃、香、甜，就是一种快乐和享受。人们得到感官上和心理上的满足，生命也因此而充满希望和价值。所谓饱腹感，就是能够吃饱。我们经常有这样的感受和体会，吃一种不对口味的食品，哪怕吃得再多，吃到实在不想吃了，也觉得没有吃饱，觉得吃得不过瘾；如果这时补充一点对口味的，立刻就满足了，就觉得吃饱了。

但口感和饱腹感主要属于文化范畴，并非觉得好吃的东西才有营养,觉得吃饱了才是真的吃饱,口感和饱腹感都是长期适应和训练出来的。我个人认为，冬小麦对于中国东部平原最大的意义不是作为粮食作物供人们食用，而是作为冬季地表的覆盖物以防止水土流失。中国中东部黄淮以北的平原地区冬季比较寒冷,北风呼啸,如果耕地裸露,地表土会随风而去,大量流失，这是农耕地区不能忍受的情况。冬小麦则能够在漫长的冬季一直保护着珍贵的耕地不受侵害，中国古代的主要粮食作

物——水稻、谷子、大豆等,都无法承担如此重要的使命。当然,作物的驯化远不是我所述的这么简单。任何驯化都是天地、人类、植物、气候等因素最大化博弈的结果,而且永无止境。

大豆

大豆在淮北地区又称黄豆。一般公历6月上旬小麦收割以后,就开始种黄豆了。种黄豆也像种小麦一样,是用耩子种的,这样黄豆出苗时,成行成垄,便于收割。

平原上季节的变化现在很大程度上是以大面积农作物(庄稼)的替换为标识的。整个春天都是宿麦即冬小麦的天下,从4月份开始,小麦逐渐从青绿、深绿变为老绿、浅黄、嫩黄、金黄和苍黄,这段时间持续较长,因此在人们的印象中,田野总是一片黄的。麦收过后,平原有一段斑驳期,既有树叶的深绿,也有春玉米的鲜绿,又有水稻的明绿,亦有野草的杂绿,还有少量小块油菜花的残黄。

黄豆出苗后,整个大平原就成了一片嫩绿的海洋。因为黄豆的种植面积大,每一块地的面积也很大,所以看上去,黄豆地的嫩绿就成了盛夏平原上压倒性的颜色了。暮夏初秋,黄豆已经有半腿高了,黄豆地里的蝈蝈也长大了。蝈蝈总是蝈蝈地叫着,它们喜欢高温和太阳,太阳越晒得冒油,它们过得越舒坦,叫得越响亮。正午时从渺无一人的田野走过,听到蝈蝈相互攀比着叫成一片。听到人的脚步声,它们戛然而止,停止了歌唱。可是它们又忍不住寂寞,脚步一停下来,它们又无比欢畅地唱上了。淮北当地叫蝈蝈"油子",它们都有一个大肚子,肚子里都是子,也就是卵。有时小孩或年轻人馋了,就上黄豆地里逮几个油子,在荒草沟里扯几把荒草,点火把油子烤熟,你争我抢地把烤得焦黄的、香喷喷的油子分了吃掉,十分享受!

  一到傍晚,乡村的天气立刻就清爽了几分。骑自行车在大块大块黄豆地中的干土路上穿行时,清凉的风吹在身上,因为没有较高的庄稼的遮挡,远处的村庄都一目了然,十分爽目、爽心!在那种情境里,在土地上生活着的人,能明确地感觉到一种生命的存在、万物的存在、天地的存在和自己的存在。不言而喻,人是生活在天地万物之中的,是天地万物的一个组成部分。人要从内心里感激的是天地万物,是承载、养活自己的土地,是周边的栽培作物,是人类的农作智慧,是周围平衡而和谐的所有事物。栽培作物并没有断崖式地改变事物的内在规则,而只是和风细雨地顺应了事物发展的一个可能的方向,因此这种"改变"是能够为天地万物所接受、能够为人类的社会伦理所容纳的改变。

玉米

玉米和土豆、红芋一样，都是明清时期先后引进的粮食作物，这些栽培作物的原产地也都是南美洲。玉米、土豆和红芋等高产作物引进的最大意义，我想应该是为中国大量的山脚、河坡、隙地等难以利用的小块边缘性土地找到了最佳搭配。这些作物好种好养，产量高，营养多样，对中国人口的支撑意义重大。

当然，除了小块边角地以外，玉米、土豆和红芋更可以大面积种植。由于产量高，玉米在淮河流域的种植早已普及。玉米也分春玉米和麦茬玉米两种。麦茬玉米是收了麦接着麦茬种的玉米；春玉米就是春天小麦还在返青拔节时播种的玉米，淮北地区一般在杏花成形的时节播种。1976年我在灵璧县大西生产队插队时，写过几首种玉米的诗，其中一首叫《种玉米》：

春雨停下，
一树白杏花。
清晨队长一声喊：
"今天种玉米啦！"

霎时间,从村西口,
拥出人、车、牛、马;
就像新媳妇刚进村,
一阵笑语,一阵喧哗。

姑娘们拦住老奶奶:
"咦,您来干啥?"
"干啥,农业要大上,
就兴你们把汗洒?"

妈妈哄着娃娃:
"听话!哎?在家。
秋后给你个棒子,
大得就像菜瓜。"

牛儿马儿撒开跑,
犁手叭地炸开了个鞭花:
"急啥?急啥?
活有你干的哪!"

队长走在最前面,
兴奋地打开话匣:
"抢耕、抢种,
让'四人帮'喝西北风去吧!"

春雨停下,
一树白杏花,
春三月,
种玉米啦……

  从这首诗里,我们知道,淮北地区春玉米种植的季节,大致在春天的3月。当然这里所说的"三月",不是农历三月,而是公历3月,这个季节,还是比较早的。往南过了淮河,玉米的种植逐渐大幅减少,但淮南及江南的山区常见种植。往北到黄河流域,玉米和淮北的一样多。

  春玉米种得早,等小麦成熟收割时,春玉米已经长得有小半米高了,嫩青嫩青的,和渐黄的小麦形成鲜明的对比。冬小麦收完后,有一段时间田野里由春玉米扮演主要角色,打眼一望就进入视野的庄稼,也就是玉米了。几场汛雨过后,玉米们快速地拔节生长,雨后站在青葱的玉米地头,侧耳聆听,能清楚地听到玉米咔咔啦啦拔节生长的声音。它们的个头蹿得快极了,两天不见,就长得比一个人高了。

盛夏时节,生产队里最恼人的农活就是打玉米叶了。玉米越长越高,越长越壮,也越长越密,玉米地里通风不好,如果不及时把下面的玉米老叶打掉,蚜虫大量繁殖,就会影响玉米开花、结实。但打玉米叶不是壮劳力干的活,壮劳力不屑于干这样不需要太多力气的活,于是这些都派给妇女和半劳力干。

天气酷热,妇女和半劳力挑着粪箕来到玉米地头,一人分两趟玉米,噼里啪啦地打起来,人很快就看不见了,站在地头,只能听见隐隐约约打老玉米叶的咔吧声,怎么看都看不见人。粪箕都撂在地头,粪箕里搁着苘绳,以备捆扎打下来的玉米叶。打玉米叶虽然不是重活,但特别让人不堪。玉米长得密,盛夏酷暑,钻在密不透风的玉米地里,人汗如雨下。玉米叶又划人皮肤,一趟干下来,胳膊上、脸上、脖子上,都是红红的血印,再给盐汗一渍,又疼又痒。偏玉米地里蚜虫特别多,弄得人浑身麻酥酥的,衣服也早已碱花层层,汗透斑驳了。

天快黑时,人们渐次走出玉米地,把堆成小山一样的老玉米叶拼死劲煞成尽可能小的捆,然后撅腚弓腰,背着比人大出好几倍的捆子,一步一步艰难地回到村里的牛屋前。当天的工分是以打下了多少玉米叶来计算的。称过重量以后,玉米叶就被倒在牛屋门前越来越大的一堆叶子上,它们是牛的青饲料。

然后,妇女们赶紧回家烧火和面做饭去。半大的男孩子们就到村庄旁边的小河或池塘里洗澡。拿全工分的壮年男人也陆续来到小河或池塘边。他们脱光衣服,赤身裸体,在水里打几个扑腾,然后站在浅水里,讲一些荤话,把身上的泥都搓下来。天完全黑了以后,在小河或池塘里洗澡的人,慢慢就没有了,最后一个人也走了。小河和池塘边就彻底安静下来了。这个世界就完全留给田野里的植物和动物了。

苘与红麻

红麻在淮河流域流行,是 20 世纪 80 年代早中期的事情。在此之前,相近的纤维类经济作物我们更熟悉的是苘。苘在淮河地区农村统治的时间更长,以前农村冬天穿的毛窝子就是用苘绳和芦花编织而成的。那时候棉花不够用,冬天天气也比现在冷,农村又鲜有硬化路面,时常泥泞得不得了,人们冬天为了御寒、走路,就发明了这种当地叫毛窝子的鞋。苘绳很软,也很结实,人们就将苘绳与芦苇顶端的芦花编在一起,编成毛窝子。毛窝子的鞋底是用木头做的,有相当的高度,走起来呱啦呱啦的,当然重量也不轻。寒冷的冬天,室外雨啊雪的,人们除了睡觉,猫在家里没事,醒了睡、睡了醒,实在无聊。男人们找点事做,就是在锅屋里或堂屋里搓苘绳。再憋得受不了,就在毛窝子里放上滑溜溜的芦花,穿上暖和得不得了的毛窝子,外出走一走。因为毛窝子有很高的木头鞋底,因此蹚泥蹚水,都不在话下。

苘可以搓成绳。苘绳在农村有着十分广泛的用途,马车、牛车上,农具上,盖屋挖河,都用得着。因此当时的生产队或个人,都会在一些不太起眼、不太肥沃的地块,或河坡堤角、田头屋拐种一些苘,以备使用。苘是一种细长的植物,高度和大蜀黍都差不多,绿茸茸的圆叶。秋深冬初时节,苘都长成了,就用镰刀一根根割下来,然后将其中的几根细苘拧作绳,把几十根苘扎起来,扎成一捆,就近拖到田地旁边的小河里,把苘捆沉入水里,让水淹没苘捆。又怕苘捆腐烂以后浮上来,还要再就近挖些土块压在苘捆上。也有人把割下来的苘运回村里,在村里村外的池塘里沤。大河或流水较急的河流不行,因为那里的水太清,苘捆也容易顺水而去。

天气慢慢转冷,苘捆在小河小沟或池塘里,被水沤得发黑,但还不可以,还要继续沤。但这时的苘捆,靠近水底的那部分沤得更黑、更好,贴近水面的那部分沤得不黑、不好,甚至还有些发青,这时就要给苘捆翻身,让苘捆翻一个身后继续在水里沤。干这种活的大都是男人。北风呼啸,甚至还有冰雪,男人们在这样的天气里也没有农活要干,于是就一个人,穿着棉袄、棉裤、棉鞋,走到村外的小河小沟边,脱了鞋和袜子,把裤腿、袖子卷起来,赤脚下到近岸的泥水里,用尽力气把沉在水里的苘捆翻个个儿,再用锹就近挖几块整土,压在苘捆上,让它们继续沤去。

天更冷的时候,苘已经在小河、小沟或池塘里沤好了。于是男人身后跟着妇女,又来到河边,男人负责把苘捆拉上岸,女人则坐在河边,把已经沤好的苘皮从一个个苘秆上剥下来。男人干完河里的活,也会坐下一起把沤熟的苘皮剥下来。沤制得很好的苘散发着一股臭味,做过这项工作的妇女手上好几天都存着这种味道。但农村各种味道比较多,这种味道也就不那么突出了,几天闻不到农村那种特有的味道,人心里反而不踏实了。剥下来的苘皮被扎成一把,妇女把它们拿到水里去漂洗,洗到最后会洗得很白,然后在院里拴一根苘绳,把一把一把的苘皮放在太阳底下晒,晒干后再用手搓一搓,苘皮就会变得十分柔软。

隆冬腊月,男人们闲来无事,就坐在牛屋里或自家的锅屋里、堂屋里,搓苘绳。根据今后的用途,苘绳被搓成粗的或细的、长的或短的。这不是一日的工夫,可能一整个冬天,无事时都会做这件事情,有了这件事情做,光阴也就不会虚度了。苘绳在男人们粗糙的手掌里,变得越来越长,搓好的苘绳就盘在男人的身旁或身后,还有一些苘绳挂在墙上,或堆放在家中黑暗的仓房的拐角里。开春以后,这些苘绳可以自用,也可以卖给生产队或供销社,换得一些油盐钱、孩子喜爱的铅笔书包钱、长大成人的小闺女的的确良衣料钱、午收时的麦秸草帽钱,或者老母亲棺材钱的一部分。

后来,大约从 80 年代初起,淮河流域到处都种起了红麻。红麻可能又叫黄麻,但当地人都叫它红麻。可能因为有较高的经济效益,农村里红麻成片成片地种,路边的大田里、沟上坡下,打眼都看得到红麻的身影。红麻的身姿有些精干,长得也较高,颜色略略泛红,仅凭观感,觉得它与苘没有太大的不同。红麻生长的季节,大约也在夏季、秋季。深秋时收割。收割后的红麻像苘那样,也是扎成捆,就近沉入小河小沟或池塘里沤,待沤熟后,捞上来,剥皮,洗净,就可以出售或自用了。

假设如此这般,红麻也不会给我留下很深的印象。红麻在中国的问题,是深秋和冬天在河沟池塘里沤时造成的污染。那些年我常在深秋或者冬季,一个人背着个小包,穿上球鞋,在淮河流域的大地上,或沿着一些古老的河流如濉河、沱河、浍河步行。因为高秆的庄稼都被收去了,所以广阔的黄淮大平原坦坦荡荡、一望无际。当然有时候也因为天气转冷,朔风渐起,平原上显得有些苍凉、萧瑟、肃穆。但站在平原上总是很激动人心的,到底是什么使人心激动,我却一直说不清楚、弄不明白。

可是一接近村庄,或者一到村庄附近,一种沤红麻特有的臭味就出来了,村庄附近的小河里、小沟里、池塘里,所有能看得见的地表水都是黑的、臭的。深秋和冬季正是淮河流域的枯水期,小河小沟和池塘里的水都比较少,河滩暴露在朔风之下,河滩上的泥都是黑的,看上去十分不自然。我一路走,一路对这样的情况感到忧心。在村庄后面遇见正在小河里给麻捆翻身的农民,我就会站在小河的对岸和他们说话,问这问那的,最后把话题引到红麻造成的污染上来。但毫无疑问,经济的驱动力是巨大的,也无可指责。那段时间受视觉和心理上的影响,我还专门以红麻为背景，写了一个短篇小说，题目就叫《红麻》。后来一直对红麻的事情很上心，去北京时还专门到国家图书馆查过关于红麻的资料，因为资料现在找不到，所以资料上记载的关于红麻的具体情况都记不得了。

　　来得快也去得快，可能也就数年时间，红麻就从淮河流域的大地上消退了，逐渐就很难再看见它们的身影了，大平原上的秋冬又成了玉米、大豆、山芋等粮食作物的天下了。当时听说，这种情况的出现，是因为东南亚红麻的种植面积和产量都超过了中国，中国红麻失去了价格优势，再加上 1985 年以后，中国经济建设的重点渐次由农村转移到了城市，农村的青壮年农民被时代大潮推往城市打工。因此，红麻在淮河流域的存在，就越来越可以忽略不计了。

隔水而踞

秋雨淅沥,天地阴湿,秋雨把天地下得稀烂,把人的内心也下得稀烂。

天气愈加冷凉。秋雨中的河堤上有一个用塑料布包裹起来的凉床,凉床上一个农人裹在被子里,蜷缩着。附近的路边摊着许多玉米棒子。看来,这是一位看守玉米的农人,玉米本来是摊在路边晾晒的,但既然已经下起了连绵的秋雨,为什么不把玉米收起来,运回家里去?

秋雨还在持续,冬天就要到了!这真是一个回家,回到亲人身边的季节。历史上远离家乡和家人的将士们,常常遇到和这个农人一样的处境。他们踯躅在较难逾越的河流边,与对岸的政权隔河而踞,你打不赢河南岸的我,我也赶不走河北岸的你,你吃不下我,我也消化不了你。

未来,成为一种面对河流的守望。

水结

水沿着河道潴留在纯平原区的洼地里,就形成了水结。

以前没有桥,在船上航行于河流的大水结中,看不到水结的全貌,满眼只见到无边无际的芦苇,芦苇丛中的水道,偶尔出现的渔船,偶尔出现的河岸。

现在可以在数公里长的桥上看大水结了。

在这样细雨霏霏的深秋,芦苇早已枯黄,水面依然邈远,不多的几艘有人生活的渔船,泊在芦苇丛边的河湾里,远天、近水,有时仿佛看得见,有时又仿佛看不见……

下游低洼,进入大海

即将入海的河流都十分饱满

　　下游即将入海的河流都十分饱满,水面的张力很大,看上去圆滚滚的,里面的水好像要溢出水面似的。

　　短促的小河流和中小型湖泊渐多起来,有些中小型湖泊串连到一起后,会形成水体广远的大型湖泊。这是由于河流下游特别是河流即将入海的地区多为冲积平原。

　　许多小的河流相互连通形成了密度较高的水网。这种现象在山区和丘陵地带难以见到,因为山区和丘陵地区不容易留住水,水往低处流,没有人的干预,山区和丘陵地区的水都是要往河流的下游地区流动的。

　　河口地区的土地面积总在增加,有的河口增加得较快,有的河口增加得较慢。河流是一个不知疲倦的搬运工,它一刻不停地把上中游的泥沙杂物搬运到河口来,增加陆地的面积。这对它是有"好处"的,因为这可以增加它的长度。当然,河流不会像人类这么"虚荣"。

下游低洼,进入大海

在杉树上爬行的蜗牛

近海的河流蜿蜒曲折、充盈饱满。秋雨时大时小,时松时紧。小的河流在村、镇的前后徘徊。农家门前的小河里有一些半沉的弃船,船里种了荷,荷叶大多已经残败了。路边整齐地种着水杉,这是把水杉当行道树了,水杉长得挺直,又四季常青,对不宽展的路面而言,十分适宜。水杉湿湿的树干上有一只蜗牛正往上攀爬,它的近乎透明的壳上有一道绛色条纹,十分好看,其实这是它对付敌人的迷彩。

车在路边停了一夜,一只蜘蛐爬到了车头盖上,对于这种爬行速度慢的小动物来说,这是一段小长征。

大片的稻田重新出现在近海的河流附近。这里的水稻正在成熟或尚未成熟。水稻有向北方大面积缓慢推进的趋势,这一方面因为气温比以前温暖,另一方面也是因为生长期较长的稻米口感更好,在纬度高一些的地方种植相比小麦产量更高的水稻,能使水稻的生长时间增加。

下游低洼，进入大海

河口附近的海岸

　　河口海岸上一直有带哨音的大风,呼哨有声。远处有排列整齐的风力发电机。海岸边建了海堤,海堤里是一眼望不见海的滩涂,近百只很大的海鸟站在滩涂上,它们大多数时候只是站着,偶尔会走动一下,或低下头在滩涂上啄一口。

　　海堤和河堤外都是小河、洼地,小河旁和洼地里长满了低矮的芦苇,似乎还有大片大片的蒲草,因为离得远,所以看得不是很清楚,但附近另外一片浅水里长满了正在发黄的蒲草。

　　小河与洼地边还有大狗尾巴草,只是在这里它们都长得较低矮,大风会迫使它们降低高度。地面上有扒根草,还有马唐草、牛筋草、萑草,还有数丛无芒孔雀草。河边的树长得倒是不矮,它们已经结出了果实。

下游低洼，进入大海

河流入海口附近的码头

　　河流入海口的河岸边建有许多渔码头，停泊在码头的渔船上挂着国旗，驾驶室的外面喷着红漆对联：一帆风顺，满载而归；横批是：吉祥如意。中间则把"招财进宝"四个字组合到一起。码头后面是一排一排的砖瓦平房，平房与码头之间堆放着成堆的蓝色渔网。

　　一大早，妇女们就在海风劲吹的码头边整理渔网。风已经冷了，虽然还不像冬天时那么冷。她们穿着橡胶连衣裤，头上密不透风地裹着厚衣物。

　　房前屋后的小块闲地被开垦出来，种上了绿油油的蔬菜，有大葱、蒜苗、四季青、香菜、眉豆，甚至还有几棵南瓜。

　　她们也就是每天这样生活的。

　　站在码头上看河水一刻不停地流往大海。码头上遗留着一个渔船卸载时掉落的海螃蟹。河水与海水交汇的地方完全看不清，那里现在只是雾蒙蒙的一片。

渔人与鱼

　　现在,太阳出来了,河口和大海都看得很清楚了,天气也暖和了许多。太阳明亮的光线在海平面的背后镀出一道金边来。河海相接的地方形成一大片沙滩。一位渔夫在沙滩与水面相连的地方收网,然后他又向水里走去,看来他并不急着回家。更远

些的浅海里(河水也许能到达那里)有一条小渔船,船上有两个人,在海浪里一起一伏的。

　　海堤上茂盛地长着一丛一丛芦竹,长得很旺,又高又大,海风无时无刻不吹动它们,但它们柔软有致,悠然而对。

　　我的判断是错误的。海滩上的渔人很快就收拾了渔具,回到海堤上的摩托车旁,打算回家了。我赶过去看他的收获,给他和鱼拍了一张合影。待我回到车上整理照片时,没想到他骑着摩托车过来了,想看看给他拍得怎么样。"背光了,"我说,"光线也不太好。"他笑呵呵地说:"人挡住了。"他的意思是人挡住光线了。

　　我说:"现在是退潮还是涨潮？"

　　他回头看看大海说:"恐怕是涨潮了。"

是总结的时候了

完整地走完一条河流后,是总结的时候了。

一条河一般总是源于山区而归入大江大河或大湖大海的。当然,平原地区的小河也会源于稍高的地方,然后再向低地的方向流淌。还有数量很少的内陆河流,源于内陆,也终于内陆。

河流在源头涓细,在上游激越,在中游宏阔,在下游宽展,在河口融汇。

植物也是这样,植物萌芽时细弱,展叶时亢奋,开花时艳丽,结果时沉稳,最终植物又与泥土、空气混合,分散至万物之中。

人也是这样,出生时稚嫩,成长时张牙舞爪,成熟时稳妥,最终则身心与天地混为一体;你中不见我,我中不见你,但你中有我,我中亦有你,你包容我,我亦包容你、你抬举我,我亦抬举你,你偏爱我,我亦偏爱你。千年万古,万古千年。

我总是喜欢在河流的阳坡上晒太阳

我总是喜欢在河流的阳坡上晒太阳,那种感觉真好。

我在浍河的阳坡上晒过太阳,我在潍河的阳坡上晒过太阳睡过觉,我在淮河的阳坡上晒过太阳打过滚,我在沱河的阳坡上晒过太阳看过人家放羊也有文做证,我在……

这是不是中国古代放浪不羁的文人的雅好?可我既非古代文人,也非放浪不羁,更不可能纵酒高歌。我酒量很小,也不纵欲过度,我比较认同儒家思想和规范,是很守社会规范的一个人呀!

也许我骨子里有一种放浪不羁,那别人就不知道了,我自己也不太了解了。

天生的东西,那就没办法,那就改变不了了。

可是孔子说,人都是可以改变的,因为孔子大致信奉后天论而非先天论。

不过后天论解释不清为什么会有各种各样的人,人会有各种各样的性格,就算在一个家庭里的双胞胎也是如此。人的习惯是后天形成的,可是人的性格似乎不知道是从哪里来的,也不像是后天形成的。

可以把这些闹不明白的东西都算到基因和遗传的头上,不过对于文学作品来说,重要的是意境、情节、细节和形象,科学的东西就不那么重要了。

我就是喜欢在河流、湖泊、水库或池塘的阳坡上晒太阳,那种感觉真好!

我就是喜欢这样,这就是没有办法的事情,就是这么回事。

低洼处与上风头

居低洼处倒是一种身段的放软,是一种姿态的自低,是一种心性的自在。

像大海一样宽阔、浩渺、浑然一体、成竹在胸、充盈实在、自给自足、自我完善,那是怎样一种自在?

处上风头则别有一番刺激,仰对四方来风,敢向潮头挺立,人生激越,江河万古,笑迎高峰体验,直面风雨人生,也是一种上好的选择。

这不是中庸?

这像是中庸。

这或是中庸。

中庸不拿具体说事。中庸总是宏观外套着宏观,宏阔外另有宏阔。宏观到无法言语时又有宏观,宏阔到不能宏阔时再现宏阔。

居低洼处是一种中庸,处上风头是另外一种中庸。

全看个人的拿捏、抉择。

下游低洼,进入大海

一体化与多样性

　　人们总是到海边才知道海没有最大只有更大，人们才会浩叹过往的眼界不够宽展、心胸不够敞亮。

　　虽然这样的想法必然是对的，但仍须知道，大地上不仅需要浩瀚的海洋，也少不得小溪的吟咏、支流的汇集和干流的奔放。

　　一体化和多样性总是博弈的、较劲的、争风吃醋的。

　　没有一体化，事物和美就显得小气、分散、零碎。

　　没有多样性，事物和美则将逐渐枯萎、自我死亡、加速衰败。

　　这或许正是百花齐放、百家争鸣的简单道理。

这就是我提倡的人生观和价值观(代后记)

文学作品,愈把它当作自己的事情,就愈有独创性;愈把它当成别人的事情,就愈缺少独创性。

《子在川上悦》重点记叙的是一种河流文化,也想展示我属意的一种生活方式。

有所得就会有所失,有所取就得有所弃,做人和做事,莫不如此。但虽然有所侧重,其实所谓的生活方式和河流文化,都是相互交错、融合的。

《子在川上悦》写于 2016 年 10 月至 2017 年 11 月。为写这本书,我重新进行了河流和原野行走。虽然对江淮、黄淮地区的许多地方我已十分熟悉,但我还是在一年多的时间里数进大别山,重温徽州地,神游黄河滩,再行古淮口。

浍河水结香涧湖上新建了一座跨湖大桥,远乡偏地,深秋冷雨中崭新宏伟的大桥上空无一人,只有一小堆一小堆村人在桥面上晒稻草。这时却从桥外村庄一处普通的农舍中跑上来两位故意不打雨伞的年轻女孩,她们虽然肤色略黑,但个子高挑,面容俊俏,年轻无忌,边在雨中快意地跑向新桥的最高处,边开心地向车里的我挥手。在城市中这样自信明丽的女孩并不鲜见,这样的情形也常会出现,但这是在交通闭塞惯了的远乡僻地呀!

还有一次,我把车停在路边,下车走进一片青葱欲滴的茼蒿地,弯下身去观察这到底是一种什么样的植物。这时附近一户农家里的一位中年男子立刻快步走过来和我说话。当我说我只是想看看这到底是什么植物时,我感觉他微微有些失望,可能他以为我是一个来收购这种蔬菜的客商了。

我们都有权利追求自己认为美好的生活,而不应该在乎别人怎样看我们、说我们、要求我们。

我们只有走动起来,才能得见我们想象不到的那些生动场面。

或者,我们的精神只有走动起来,才能闪现我们懒惰时无法显现的精彩。

我们还要从内心深处平等、和善地对待所有的人、事、物,我们才会更有气质,更有教养,更能影响他人,更能接近我们自己的优质的生活。

这本书,《子在川上悦》,虽然打算通过一系列文字和画面,展示一条河流从源头经上、中、下游到入海口的地理和人文面貌与特征,但它暗含的,其实还是一种生活方式,即我们可以在任意一条河流边,获得我们行走、感觉、审美和人生的满足。

这就是我提倡的人生观和价值观。

许辉